COLLECTION FOLIO

Jean-Paul Enthoven

Les enfants de Saturne

Gallimard

Jean-Paul Enthoven est éditeur et critique littéraire. Il a obtenu le prix Valery-Larbaud 1997 pour *Les enfants de Saturne.*

« Déjoué dans ses sentiments, comme dans ses négociations, il s'enferma dans la vie. »

CHATEAUBRIAND,
Vie de Rancé.

Pour Raphaël,
Julien,
Mathilde

La tribu disparate que je m'invente ici rassemble, sans artifice ni piété, les douze personnages qui m'ont fait tel que je suis. Elle s'est composée au gré d'une aventure toute personnelle selon le désordre des circonstances ou des émotions et, lorsque je la considère aujourd'hui, elle me paraît assez fidèle à l'identité mobile qui fut, pour le meilleur et le pire, le principe le plus constant de ma vie. Chacun des douze portraits qui vont suivre détaille ainsi, à sa façon, un profil secret de mon esprit à travers l'esprit d'un autre, et ce n'est qu'en revisitant le paysage incohérent de mes affinités que je m'avise de tout ce qui, en moi, a pris l'habitude d'être en guerre contre moi-même.

Parmi ces *Enfants de Saturne*, on trouvera donc un pessimiste et un amateur de jardins, un boxeur et un arbitre des élégances, un écrivain de second rang et un cynique amoureux, un gaulliste et un collaborateur, un théoricien libéral et un alcoolique, un graveur libertin et un lecteur de *Hamlet.* Je pourrais dire, aussi bien : cinq suicidés, deux insouciants, un faux Milanais, trois velléitaires, un ascète. Ou : six candidats au bonheur, et six êtres détruits par une certaine idée du bonheur. Il y a, de fait, plusieurs manières de rapprocher, ou d'opposer, les portraits de cette galerie, et chaque agencement raconterait une histoire différente. Seule compte, en vérité, l'intrigue où ils occupent la place de mon choix.

Parfois, il me semble que les enthousiasmes et les déceptions qui firent le décor de toutes ces vies ne sont que des miroirs où, complaisant, je m'observe. Ces compagnons, dont les ferveurs sont diverses, me réfléchissent avantageusement ; leur part d'échec, si flatteuse, m'attire autant que leur part de gloire ; j'ai l'impression qu'ils habitaient mon passé avant que je les rencontre et sans que je le sache ; je me suis persuadé qu'il y a, en eux, comme des lambeaux de ce que j'aurais pu vivre ou de ce qui m'attend ; et je crois même que j'aurais été déconcerté par mes rares convictions, ou par mon existence, si chacun d'entre eux, à son tour, ne m'y avait, en quelque sorte, acclimaté.

Il est vrai, par ailleurs, que la littérature fut, à deux exceptions près, leur grande affaire — et comment aurais-je pu les choisir, autrement ? D'aussi loin que je me souvienne, en effet, je n'ai trouvé de charme, en ce monde, qu'aux êtres qui écrivent des livres, ou à ceux qui sont dignes d'en inspirer. Or, pour des raisons qui m'échappent encore, il m'a fallu beaucoup de faux départs, et d'égarements, et de désarrois, avant de parvenir, moi aussi, à ce rendez-vous d'écriture que je m'étais fixé depuis longtemps. Comme si leurs livres, bons ou mauvais, me dispensaient d'en écrire quelques-uns. Comme si, m'insinuant dans leurs destins, j'avais consenti à me déposséder du mien.

C'est en m'interrogeant sur ce rendez-vous difficile, et si curieusement différé, entre mon impatience d'écrire et mon goût de l'inachèvement, que s'est imposée la nécessité d'une telle tribu. Devais-je donc, pour naître une seconde fois, me désigner une famille d'élection ? Me déprendre de liens trop anciens ? M'exiler de ce qui me retenait en amont ? La littérature, telle que je l'aime, n'est qu'une manière de ruser avec ces arrachements et de n'advenir qu'à partir de soi. Certains s'en acquittent sans effort. La plupart s'y épuisent en vain.

J'ignore, pour le reste, comment mes douze compagnons s'arrangeront de la proximité que je leur inflige. Le Prince de Ligne partageait-il la moindre humeur avec Romain Gary ? Chamfort et Brummell avaient-ils beaucoup à se dire ? Le Baron Denon aurait-il pactisé avec Stendhal contre le sombre Benjamin Constant ? Et pourquoi assigner encore un territoire commun, fût-il saturnien, à des frères ennemis — Berl et Drieu La Rochelle, Hemingway et Fitzgerald — qui, de leur vivant, s'étaient déjà trop fréquentés ? Qu'ils me pardonnent de les avoir, tous, convoqués, puis mêlés, afin de satisfaire ma seule exploration.

S'il me fallait maintenant passer en revue les états d'âme où les uns et les autres se sont illustrés, et qui ne me sont pas inconnus, j'y trouverais tout ce qui, d'ordinaire, s'accorde mal chez un seul homme : l'accablement et la légèreté ; la volupté de se perdre et le gouvernement de soi ; le don du plaisir et la mortification ; l'atermoiement et la volonté ; le désamour et l'excès de sentiment ; le goût du soleil et l'aptitude au néant. Je devrais, peut-être, en conclure que mon caractère n'est à son aise que dans des séjours où chaque principe, par bizarrerie, revendique un principe inverse et s'y accorde.

Tels sont, pour l'essentiel, ces *Enfants de Saturne.* Douze personnages que tout distingue sinon, par-delà la tendresse dont je les enveloppe, une certaine qualité de détachement. Chacun a appartenu à son histoire sans vraiment s'y soumettre. Chacun a répondu de lui-même comme d'un rôle. Une distance, intérieure et décisive, a infléchi ce qui leur était promis par le génie, par le talent, ou par le regard d'autrui. Ce sont des saturniens qui, parfois, savent même accueillir l'oubli de soi et la félicité comme des bénédictions. Et tous excèdent de beaucoup les opinions, et les identités, auxquelles la vie les a épinglés comme sur un blason. Les uns ont su traverser leur temps avec désinvolture, tandis que d'autres y faisaient naufrage. Mais aucun, jamais, ne préféra quelque illusion au raffinement de sa mélancolie. Et c'est au nom de cette mélancolie — la leur ? la mienne ? — que je les ai placés sous l'influence d'un astre auquel la légende prête le pouvoir de gouverner ce sentiment. Il ne s'agit là, pour moi, que d'une concession toute rhétorique — même si, par égard pour mes propres livres inachevés, je voulais me souvenir que Saturne a aussi la réputation de différer l'accomplissement des choses et, comme le temps, de dévorer ce qu'il engendre.

Je ne saurais dire, enfin, si Brummell et Vivant Denon sont, dans cette galerie, à leur vraie place. Le premier ne songeait guère à devenir un écrivain ; le second fut trop heureux pour s'arranger d'un séjour saturnien. Ils se sont pourtant glissés si discrètement dans cette compagnie, et ils s'y sont invités avec tant de naturel, que j'ai dû, pour finir, m'en arranger. Le dandy aux manières austères voulait sans doute illustrer les prestiges funestes dont j'ai pu, à l'occasion, embellir ma stérilité. L'autre, par son tempérament aérien, n'avait, semble-t-il, que le désir de m'apprendre, en passant, que la mélancolie — ce *bonheur d'être triste* — peut se rencontrer sous bien des déguisements.

Le dernier portrait de cet ensemble occupe, dans ma mémoire, une place singulière. Il est, entre tous, le plus approximatif, le plus vrai, et l'individu que j'y décris répond davantage à la réalité de mes songes qu'à celle de ma vie. Cet aspect de mon imagination, encouragé par les méfaits que l'idéal y a déversés, m'incite donc à revendiquer, une fois pour toutes, un droit imprescriptible à l'inexactitude. Et c'est par là, finalement, que mes démonstrations ou variations respecteront les faits sans renoncer, par excès de rigueur, aux privilèges du roman.

I

Mon Prince de Ligne

Dans sa chambre, entre tentures et bibelots, il y avait un portrait arrogant de ce Prince de Ligne dont elle m'apprit, avec amusement, qu'il était un peu de ses ancêtres. Le plus souvent, même en des circonstances qui ne l'exigeaient guère, elle lui parlait avec les égards que l'on réserve à un être cher, elle se montrait coquette à son endroit, elle lui demandait conseil, de telle sorte que je dus, sans y prendre garde, consentir à la présence indiscrète de ce témoin. Bientôt, le visage du Prince, juvénile mais ridé par la peinture qui avait vieilli à sa place, me fut aussi familier que celui d'un homme ordinaire. Était-ce un complice ? L'idéal que l'on me désignait ? Un rival dont je ne triompherais pas ? Rien, sur le moment, ne me permit d'en décider.

Pourtant, je le vois encore qui m'observe depuis son portrait. Il a revêtu une tunique couleur de feu où des perroquets se sont perchés sur de petits arbres brodés à l'or. Un anneau pend à son oreille. Des mèches blondes et légères soulignent son regard charmant. On lui devine un teint chaud sous sa poudre à la fleur d'oranger. Son âme, à ce que j'en reçus aussitôt, ne louchait pas. On la sentait, au contraire, pleine d'humanité, disponible, presque lassée par l'excès d'agréments où, jadis, elle s'était divertie. Je lui avais été présenté dès ma première nuit, en été, et je crus distinguer une certaine méfiance dans les yeux qui se posèrent sur moi. Au bord d'un sourire, juché sur des talons, prêt à se moquer, Ligne, à l'évidence, m'accueillait en intrus dans ce qui s'annonçait comme un ménage à trois.

Mon amie, toute à sa double fidélité, et si désireuse d'ajuster ses habitudes à ses projets, voulut alors que j'apprécie quelques-unes des reliques qu'elle possédait, et qui avaient appartenu au Prince du temps de sa splendeur puis de ses exils. Il y avait là une boîte à musique incrustée de motifs rose et argent, un encrier gravé aux armes de la Maison d'Autriche, un poignard égyptien, un triton qui provenait des jardins de Belœil, ainsi que quelques lettres adressées à Casanova ou à la Marquise de Coigny. Dans l'une d'elles, Ligne comparait son amour pour cette femme au tombeau de Mahomet qui, d'après une légende orientale, se tient à jamais entre la terre et le ciel. Qu'attendait-on, au juste, de tout cela ? D'où venait cette soumission à des grâces si anciennes ? Pourquoi étais-je ainsi requis dans cette idée de l'élégance et du sentiment ? Ce que je puis en dire, c'est que mon amie exprimait là, comme dans tous ses stratagèmes, sa nostalgie d'un monde où elle aurait mieux existé que dans celui-ci. D'un monde moins contingent, moins saturé de réalité, et intraitable avec ses apparences. Puisque je n'avais encore rien connu de tel, je pris donc le risque d'aimer, de me laisser aimer, selon des usages qui n'avaient plus cours. Ce fut comme si j'apprenais à danser le menuet. Par sa présence, par son autorité, Ligne — qui, de l'amour, n'aimait que les commencements — me fit comprendre que l'illusion, en certaines circonstances, ne souffre pas qu'on la démente.

De ce Prince, je ne percevais alors que le nom, les délicieux caprices, le halo de libertinage et de civilité. Il était, pour moi, de ces héros frivoles dont la postérité retient un style, ou une forme d'esprit, qui se prolonge par incandescence dans de petites sociétés. Un aristocrate éclairé ? Un grand seigneur voué aux bals, aux mascarades, aux feux d'artifice ? Un Valmont généreux et désinvolte dont la renommée s'attarde parmi des charmes antiques ? Il s'agissait, bien sûr, de cet homme-là, mais mon amie m'assura que, derrière cette réputation, je trouverais un être rare, utile à qui veut traverser dignement l'existence, et elle n'avait pas tort. Ainsi, dès que ma curiosité s'en mêla, je découvris qu'après avoir ébloui des contemporains qui en firent leur *prince chéri*, Ligne n'avait obtenu, contre toute espérance, qu'une survie précaire. Les romantiques l'avaient enseveli sans ménagement à cause de leur fatale aversion pour le bonheur. Sainte-Beuve l'exhuma par devoir, et en s'excusant. Il disparut à nouveau avec les religions du progrès, et il fallut attendre la fin du dernier siècle pour que, de Barbey d'Aurevilly à Jean de Tinan, une troupe baroque lui restitue son prestige défaillant. Ligne avait eu, pourtant, le privilège de passer pour l'homme le plus aimable de son temps. Une Impératrice disait de lui : « Il pense profondément et fait des folies comme un enfant. »

Afin d'entrer dans le jeu où l'on m'invitait, je me risquai donc, avec ce spectre galant, à une intimité que je crus d'abord sans avenir. Madame de Staël m'y aida par ses confidences, ainsi que Metternich ou le Cardinal de Bernis. Puis vinrent les belles pages de Byron, de Goethe et, surtout, de Morand — dont le jugement reste infaillible dès qu'il s'agit de débusquer un homme d'esprit. Grâce à ces pieux intercesseurs, et à mesure que mon intrigue s'étoffait, le Prince de Ligne s'installa dans ma vie, avec ses emportements et ses audaces, comme si le hasard, autant que mon désir de plaire, hâtait une rencontre qui m'était promise depuis longtemps. Prudent, je m'approchai d'un féodal égaré chez Crébillon. Je le goûtai sans impatience, à son rythme, dans ses Mémoires, dans ses Contes, dans sa Correspondance. Je l'accompagnai jusqu'en Crimée avec Potemkine, je fis le pèlerinage de Belœil, je rencontrai son ombre dans les alcôves de Versailles ou de Saint-Pétersbourg. Je l'observai au combat, chevauchant avec son fils, et lui disant : « Il serait joli, mon Charles, que nous eussions ensemble une petite blessure. » Je le vis souvent abuser de l'existence sans en être rassasié. J'assistai même à ses funérailles, qui furent la seule fête du Congrès de Vienne, tandis qu'une trop vieille Europe ignorait qu'elle célébrait son propre enterrement en défilant derrière le cercueil de cet original.

Ligne était belge, grand d'Espagne, français de langue, turc par l'indigénat de conquête, gentilhomme d'honneur polonais, feld-maréchal autrichien et ministre russe — mais il ne trouva jamais de durable patrie hors de son corps robuste et délicat. À cet universel détachement, il ajouta une morale qui consistait à mépriser la vertu et à répandre l'ironie autour de lui. Il connut le faste puis le dénuement. Il avait de la sympathie pour chacun des ennemis qu'il combattit sans haine. Par son aptitude à s'émouvoir de tout sans jamais rien ressentir, il veilla enfin à ne laisser que la trace d'un homme libre et glorieux. À Coppet,

Madame de Staël — qui deviendra son éditeur pour se consoler de n'avoir pu être sa maîtresse — se souvenait encore que la civilisation avait atteint, chez Ligne, ce point idéal où les nations ne restent jamais, lorsque les formes rudes s'en sont adoucies sans que leur essence soit altérée. « Il a passé par tous les intérêts de ce monde, *ajoutait-elle*, et s'entend singulièrement à bien vivre. » Il y eut, dans ce lointain miracle, le début de la séduction qui, par-delà les siècles, se poursuivait à mes dépens. Mais, après tout, dans le seul ordre de l'esprit, et afin d'augmenter le roman de mes origines, pourquoi n'aurais-je pas eu quelques droits à me prêter un morceau de cet ancêtre ? Mon amie prit ce *lignage* imaginaire pour une preuve d'amour. Et, puisque cet amour n'en était plus à son commencement, puisque cette preuve semblait suffire, il me parut bien inutile d'en fournir de nouvelles.

Sa façon d'aimer, précisément ? Il y entrait, outre le plaisir des commencements, ce que Stendhal appelle *l'amour-goût* — qui régnait dans les derniers salons de la Régence, et dont l'écho parvient jusqu'aux romans de Crébillon, de Madame d'Épinay ou de Marmontel. De cette façon d'aimer, Stendhal ajoute que rien de déplaisant ne doit y prendre place. « C'est, *dit-il — en pensant peut-être aux couleurs de la Maison de Ligne* — un tableau où, jusqu'aux ombres, tout doit être couleur de rose. »

Autrefois, sur ses terres de Belœil où il lui était agréable de se rencontrer lui-même pendant ses promenades, le Prince de Ligne avait fait construire un grand nombre de ruines toutes neuves — car, depuis toujours, c'est ainsi qu'il se voyait. Une ruine toute neuve ? Le symbole est précis. Il convient à cet homme dont la famille aurait pu revendiquer plusieurs couronnes entre la Castille et la Sicile si l'on n'y avait, par tradition, cultivé le mépris des colifichets. Quel serait, d'ailleurs, l'avantage d'un sang illustre si ce n'était le calme qu'il procure sur tout ce qui touche à la vanité ? En vérité, Ligne ne décida jamais à quel camp il devait offrir la partie la plus fidèle de son cœur. Pour faire bonne mesure, il choisit d'être fier de sa noblesse tout en n'admirant que les individus qui avaient l'audace de la railler. Il veut bien mourir pour l'Empereur d'Autriche, mais il ne considère que Napoléon. Il célèbre le courage de Condé ou de Tilly, mais c'est pour passer quelques heures avec son cher Casanova — celui qu'il appelle « Aventuros » et dont il corrige les manuscrits — qu'il traverse l'Europe. Ligne vénère l'ordre des choses, mais il se passionne pour ceux qui sont parvenus à l'enfreindre ou à le bousculer. En ce temps-là, il est beau, il est gai, il adore la guerre et les roses, il sait parler aux animaux et aux soldats. La Tsarine, qui le tient pour un Diderot moins génial mais mieux élevé, lui offre l'ancien royaume de Mithridate. L'Empereur d'Autriche lui confie des secrets. Voltaire et Goethe l'invitent à dîner. Vivant Denon et Marie-Antoinette l'aiment au même moment, et pour des raisons inverses. Rousseau voudrait entrer à son service comme jardinier. De ce tourbillon, de ces faveurs, Ligne, pourtant, ne s'émeut guère. Il aurait voulu connaître la gloire de Turenne quand la politique moderne ne lui propose que des escarmouches de salon. Il aurait voulu écrire des ouvrages immortels mais, dans les trente volumes qu'il laisse — cette « crème fouettée » — ne subsiste que le parfum de sa conversation. Dès lors, Ligne ne se fâcha jamais contre la Providence qui l'avait fait naître dans une société à son crépuscule, et il oublia d'être mécontent quand la Révolution lui reprit ce que le passé lui avait offert.

L'exil ? Il y consent. Sa fortune ? Il la perd sans se lamenter. La jeunesse fut le seul bien dont il se dépouilla à regret. Ligne savait, mieux que personne, que son génie était fait pour s'affirmer dans l'instant. Dans la foudre d'une réplique ou d'une insolence calculée. D'où cette nuance de mélancolie dont il complète chacun de ses plaisirs et qui, au fil de notre nouvelle intimité, me le rendit sans cesse plus présent. Je croyais m'entretenir avec un libertin, avec un prince furieusement cosmopolite ou comblé par sa seule naissance, et je rencontrais un homme déçu de n'être que lui-même. Voulut-il, par son ironie, faire savoir qu'il ne devait son rang qu'à l'état d'un monde en sursis ? Et aurait-il vraiment choisi d'éclairer son siècle s'il n'avait eu le don de l'éblouir ? Sur ce point, mon amie n'avait pas d'opinion. Elle m'assura seulement que le charme de son ancêtre, qui devenait un peu le mien, se tenait bien au-delà de ce qu'on en détaillerait. Elle plaçait dans l'insaisissable les raisons de son attendrissement. Je me fis, comme il se doit, le serment de ne pas l'oublier.

Toute sa vie, Ligne se sentit — pour honorer son nom ? — plus écrivain que prince, diplomate ou courtisan. Il avait deux copistes dans sa suite. Certains de ses textes étaient imprimés sur sa presse de Belœil, sans qu'il soit jamais fait mention de son identité. D'autres n'étaient conçus que pour être lus dans des salons. Tout servait à son inspiration : l'amour, l'aboiement d'un chien, la politique, le désir d'être enterré auprès de ses soldats, l'ambition, une soirée avec des filles de garnison. Chaque fois, il lâche son écriture comme une cavalerie — par fragments. Épigrammes, lettres philosophiques, récits de sa vie, livrets d'opéra, théories de jardins, poèmes élevés ou obscènes. Chaque fois, il rédige comme il pense. Sans développement. Avec élégance. À l'improviste.

Il y eut, par la suite, ce pèlerinage à Belœil. C'était au début de l'automne, l'escapade m'enchantait, mon amie l'annonça au portrait du Prince qui parut s'en réjouir. Il n'avait pas revu Belœil, son « royaume parfait », depuis l'époque où les Jacobins libéraient l'Europe, et sans doute avait-il la nostalgie de ses roseraies. Plus tard, et bien que la défaite de l'Empire l'eût rétabli dans ses droits, il refusa, pour d'étranges raisons — « l'honneur, l'humeur, l'horreur » — d'y revenir, puis il mourut loin de ce qui avait été le plus heureux de ses séjours terrestres. À Belœil, il avait pourtant aménagé la nature à son image, et l'on pouvait encore s'y promener comme à l'intérieur de son âme. Les roseraies nous accueillirent un matin, elles n'avaient guère changé, pas plus que le Pavillon de Flore, les allégories de Neptune, la salle du Grand Diable, le parc aux daims, le mausolée d'Adonis ou les belvédères chinois. On salua les fausses ruines qui portaient enfin leur âge. On se souvint des fêtes, des masques, des fontaines d'orgeat. Le Temple de Morphée abritait toujours ses marbres dans une brume rose Ligne.

Pour l'essentiel, le Prince revendiquait une vision philosophique des paysages et il avait composé le sien afin que se manifeste, mieux que dans un traité, la singularité de son idéal.

Puisqu'il n'aimait en ce monde que la société — Vivant Denon le vit même, un jour, s'emporter contre un tableau splendide, mais « désertique et sans figure », de Salvatore Rosa — il conçut Belœil comme une réfutation définitive de la solitude. Il désirait que tout son parc fût habité, que l'on y croisât beaucoup de gens « n'importe de quelle espèce ». Il désirait que, sur la rive de ses étangs, « tout retentisse des cris d'une augmentation considérable de bêtes et d'humains ». En amont de cette psychologie, il y a les moralistes de Port-Royal, qui donnèrent Le Nôtre autant que Racine et qui adorent l'austérité dont ils se font un privilège fatal. En aval, il y a les romantiques, tout à leurs jardins larmoyants et échevelés, qui se figent à nouveau dans des postures d'affliction. Ligne ne dispose donc que de son existence, et de son paysage, pour esquisser l'éloge d'une humanité aimable, affairée, ouverte aux rencontres et à l'échange. Quant à la nature, ce matériau trop brut, elle ne lui inspire alors que du dégoût. Il s'en méfie comme d'un débordement, comme d'un excès obscur, comme de tout ce que la vie exprime quand on néglige de la contraindre. À Belœil, où mon amie se sentit aussitôt chez elle, il fallait ainsi que chaque chose rappelât l'urgence de l'artifice et la nature devait, à la place des hommes, y accepter sa pénitence. Au fond, cette morale mérite qu'on la considère : elle ne soumet que le buis, l'if, les racines ou les branches. Elle ne concède pas un instant de paix à la terre. Elle torture les gazons, inflige aux fleurs des formes improbables, et congédie l'instinct pour le plus grand profit des hommes. Dans l'histoire des jardins — mais ne s'agit-il que de cela ? — Ligne fut aussi celui qui ajouta quelques touches anglaises aux perspectives trop sévères du Grand Siècle. Il ne le fit cependant qu'avec mesure, et comme l'on s'accorderait sur le tard un peu de sentiment. Devant cette extrême pudeur, et pour la première fois, mon amie adressa quelques reproches à son ancêtre. Elle aurait voulu plus de bosquets, plus de cascades, plus de labyrinthes ornés d'aubépines, tandis que je m'arrangeais de leur absence. Elle voulait perdre la tête quand tout Belœil enseignait l'art de garder sa raison. Ainsi, je compris qu'elle appartenait à ce genre de créatures pour lesquelles la vie n'a de sens que livrée à l'émotion. Certes, je n'étais pas, loin de là, un ennemi de l'émotion — mais Ligne suggérait, par intuition et expérience, que rien n'y dure vraiment. Et qu'il y faut un peu de son contraire pour en jouir plus longtemps. Mon amie insista. Je résistai. Donc, la guerre. Étais-je déjà, tel un nouveau converti, plus Ligne qu'elle ? Le retour vers Paris fut maussade. Je me souvins du Prince, dans ses *Écarts*, évoquant une femme qui, croyant l'aimer, le voulait épris : « Son cœur partit, et le mien resta. » En une saison, avais-je donc retenu sa morale et toute sa sagesse ?

L'*écart* ? Ligne se sent à l'aise avec ce mot, et avec les principes qu'il contient. Il en fait, dès sa jeunesse, et autant que la rose, son emblème. Il lui confie sa façon d'être, sa renommée, sa fantaisie, sa volonté de déserter sans fracas un nom qui lui va si bien. Il compose alors — pour se faire, sur toutes choses, « une grande perception » — un recueil de pensées dont ce mot sera le titre et le thème. L'*écart* y est défini comme une manière très Ligne de consentir aux usages sans les respecter ; d'habiter sa mémoire, ou sa généalogie, sans faillir à un devoir supérieur de trahison ; de tout exiger afin de pouvoir, de tout, se passer. L'*écart*, c'est le souci d'être toujours soi-même sans jamais négliger d'être un autre. Chaque jour, avec une redoutable vigilance, Ligne s'arrange donc pour infléchir la plupart des convictions que les circonstances, ou sa nature, lui imposent. Devant le Roi de Prusse, il défend les constitutions, bien qu'il trouve du charme au droit divin dès qu'il rencontre un encyclopédiste. Il n'est pas fâché d'être de sa terre et de son sang, mais il rédige un curieux mémoire en faveur des juifs qui, « comme lui », sont de nulle part et partout chez eux. C'est encore sa religion de l'écart qui lui inspire, sur Napoléon, des pages d'adoration, puis de dépit, car il ne comprend pas qu'un homme qui mit tant de génie à chasser les rois, ait pu devenir inférieur à lui-même en voulant soudain les imiter. Avec les sentiments, Ligne s'efforce également de ne pas déroger à ses principes : on l'aime ? Il s'enfuit. On prétend le retenir ? Il est sans pitié pour ceux qui troublent sa solitude sans lui apporter de la compagnie. Et lorsque, de son propre aveu, il cède par trois fois à la passion, c'est avec trois femmes, et en même temps. L'art de la repartie, enfin, vient parfaire son intelligence : à son épouse qui l'interroge après son absence en Tauride — « Monsieur, m'avez-vous été fidèle ? » — il répond : « Oui, si souvent. » Quand il assiste dans son agonie le Comte de Gramont — qui était aussi borgne que sot — il le rassure en ami : « Vous n'aurez qu'un œil à fermer et que peu d'esprit à rendre. » Dès qu'il le peut, Ligne s'*écarte* donc pour signifier au genre humain qu'il n'appartient à personne. Il invente les usages. Il ne désire qu'à partir de lui. Il dispose à sa guise du « plaisir aristocratique de déplaire ». Dans ses Mémoires, Ligne décrit une Circassienne qu'il avait jadis aperçue : elle portait une torche et un vase rempli d'eau. Elle voulait brûler le ciel et éteindre l'enfer afin qu'on fît le bien sans espoir d'obtenir l'un, et qu'on s'abstînt du mal sans la crainte de l'autre. « Qui, *se plaint-il*, lui ressemble encore ? » Lauzun est trop simple ; Chamfort et Rivarol sont trop amers ; Voltaire est trop satisfait. Il ne reste, peut-être, que le sublime Casanova, son « maître d'écart », celui dont l'œuvre lui semble aussi forte que la vie, cet homme « qui serait bien beau s'il n'était pas laid », et auprès duquel il ne manque jamais de s'instruire. Casanova, qui se conduit en roi alors qu'il est né dans les coulisses d'un théâtre ; qui se croit tout permis puisqu'il n'est rien ; qui, s'inventant lui-même, s'est affranchi de son origine et de sa descendance. Dans la bibliothèque du Comte Waldstein, Ligne écoute tendrement cet « Aventuros », qui s'y est retiré, et qui le fascine : d'où Casanova tient-il sa noble indifférence ? Où a-t-il appris sa liberté ? L'esprit libre devine alors un disciple à sa mesure — et il lui confie que son secret fut de « brûler en un jour toutes les passions qui auraient pu durer un an ». Mon amie reçut cette confession comme un éventuel affront. Craignant d'en être la victime, elle préféra, telle une véritable Ligne, prendre les devants. Elle avait fait le premier pas ? Je fis le second.

Désormais, le Prince de Ligne n'est qu'un vieillard souriant et poudré. Près de Vienne, dans un manoir que l'on appelle sans raison « le bâton du perroquet », il porte toujours son anneau à l'oreille, il attend de s'en aller. Là, dans son salon, « Arrive qui veut, s'assoie qui peut ». On lui parle, il se souvient, il s'étonne, il dit : « J'ai vu tout diminuer, et périr tout à fait. » Il demande aux visiteurs s'ils ont traversé Belœil, et s'ils ont vu ses roseraies. Il est, comme jadis, ce miracle de sérieux et de fantaisie, de profondeur et de légèreté. Parfois, il compose encore un poème sur son écritoire en bois de rose. À ses côtés, Madame de Staël observe que le génie a donné de l'étendue à sa bonté, et que la bonté a donné du naturel à son génie. Autour de lui, un autre monde est né, qu'il a pressenti, où il se sent déplacé. Parfois, il se tait, car il en a trop vu, ou bien il s'attendrit quand on lui parle des soldats de bois du Roi de Rome. Et parfois, dans un théâtre voisin, il met en scène une pièce de Molière afin de divertir des monarques déchus. Longtemps, il avait estimé que pour jouir d'une belle existence, on se doit d'être une femme jusqu'à trente ans, un général d'armée fort heureux et fort habile jusqu'à soixante, puis un cardinal jusqu'à quatre-vingts. Son destin fut prodigieux bien qu'il n'eût droit à aucun de ces trois avantages.

Pourtant, il avait un visage sombre quand je le vis pour la dernière fois, au printemps, dans cette chambre, immobile à l'intérieur de son portrait. À quoi pensait-il ? Était-ce ma lassitude qui appelait la sienne ? Et dans quelles affaires nouvelles allait-il s'insinuer ? Ligne savait que, dans l'ordre amoureux, « on ne doit rien espérer que l'agrément provisoire », et c'est le genre d'opinion que mon amie devait tenir de lui par héritage.

Depuis, il m'arrive de passer près de Belœil et d'apercevoir le parc aux daims, les belvédères, les roseraies. Là, furtif, un souvenir. Qui sait si mon amie a rencontré d'autres Prince de Ligne ? Si, dans ses amours, elle a pu s'arranger d'un monde plus âpre qu'il ne faudrait ? Souvent, je me dis que sa vie ne se plaisait qu'à convoquer quelques mirages. Et je ne dois me plaindre en rien d'en avoir fait — grâce à elle, grâce à lui — une si douce provision.

II

Drieu, pour mémoire

Cet homme, défait et lunaire, offre toujours, à travers le fatras de sa vie, un détecteur très précis de soi-même. Je me sens proche de lui ? Cela signifie, chaque fois, que tout va mal. Je m'en éloigne ? Je devine alors que le ciel se dégage et que l'existence s'apaise. Plus qu'un écrivain, Pierre Drieu La Rochelle est, pour certains, une région de l'âme. C'est une de ces machineries qui sert à mesurer le taux intime de mélancolie, les intermittences du cœur, les mouvements du sang, de l'enthousiasme, de la lâcheté. Et toujours, douteux personnage, il renseigne infailliblement. C'est sa façon à lui, si troublante, de se rendre indispensable à ceux-là mêmes qu'il déçoit et auxquels, malgré quelques capitulations, il déplaît le plus souvent.

Il m'a fallu plus de vingt ans pour en finir avec le fantôme de ce Drieu. Pour dissiper, en moi, son relent. Son allure d'enfant triste. Son goût pour le désastre. Son élan vers le pire. Vingt ans pour traverser le Parc Monceau, les Tuileries ou la rue Saint-Ferdinand, sans y croiser son ombre. Pour prendre congé de ses climats, de ses tweeds, de ses fêlures, de ses mines sucrées. Vingt ans pour ne plus avoir besoin de ce mort à mes côtés. Ce fut, je m'en souviens, un détachement lent et farouche. Un désamour obstiné. Un malaise qui m'imposait de rompre avec un homme dont je n'étais pas le contraire, mais auquel je ne devais plus ressembler. Celui qui, un jour ou l'autre, se reconnaît dans ce Drieu ne sait jamais qui il devient dès qu'il s'efforce de l'oublier. Et, en apprenant à le haïr, nul ne sait davantage quelle part obscure de lui-même il va ensevelir.

Pierre Drieu La Rochelle m'apparut d'abord à travers la légende dont il avait su, d'instinct, se draper. C'est, au premier regard, un rêveur fanatique et sinueux. Un homme qui, d'emblée, s'excuse de quelque chose, puis qui s'impose sans éclat en avouant chacune de ses insuffisances. Il méprise sa naissance, il s'ennuie dans l'entre-deux-guerres, il ne se prête aucun des talents par lesquels un écrivain peut triompher dans sa génération. Autour de lui, les meilleurs se sont déjà réservé les grands rôles. La sainteté ira à Bernanos, l'honneur à Montherlant, l'aventure à Malraux, la colère à Céline, la grâce à Aragon. Ce qu'il lui reste ? L'intuition d'une vie brève. Le souvenir des tranchées. Un inépuisable mécontentement. Deux ou trois livres qu'il adresse, comme des bristols, aux femmes qu'il intrigue et qui, en retour, acceptent distraitement de le prendre pour amant. Ce jeune Drieu rumine son avenir sans conviction. Il s'y engage en visiteur, par désœuvrement. Il déteste son visage épais, ses mains qui ne retiennent rien, l'odeur du tabac qui imprègne ses vêtements. Il déteste ce sentiment de déréliction dont il a fait son séjour d'inconsolé. On pourrait supposer, pourtant, que Drieu ne s'accable si volontiers qu'afin d'ajouter du relief à sa séduction. Il a déjà compris que la littérature vaut aussi pour la gloire que l'on y obtient en s'humiliant — et il flaire, dans ces parages, une ruse à sa mesure : ce sera un Narcisse qui boude son reflet, mais qui s'observe avec passion. Il gémit, se juge, se suicide de temps en temps, en espérant tirer de tout cela quelque profit. Ses romans, ses amours, sa politique, se déduisent de ce principe : ne jamais négliger les ressources d'un échec splendide et bien ciselé quand on ne se sent pas de taille à l'emporter.

Il y avait, aussi, son décor et ses costumes si élégants. Il y avait ses voitures de luxe, l'hiver, sur la Riviera. Ses femmes riches qui se confient entre deux rendez-vous chez leurs couturiers. Il y avait, dans son sillage, cette rumeur d'époque électrique, ce frémissement de vie partagée après une fausse apocalypse. En ce temps-là, il gifle le cadavre d'Anatole France avec les surréalistes. Il lit *Armance*, en garçon, dans les bordels de la rue de Provence. Il retrouve Berl à l'imprimerie des *Derniers Jours*. Il est au Cap d'Antibes, puis à Alger, avec une fille qu'il abandonne dès qu'elle accepte de l'épouser. Il peut, le même jour, se réclamer de Maurras puis de Rimbaud, ou jouer à l'ancien combattant avec les ivrognes qu'il retrouve au bar du Cyrano. Il peut, avec les mêmes mots, briller dans le salon des Noailles ou dans les bouges où l'entraînent Crevel et Rigaut. Il croit à l'amitié, à l'arrogance, à la dérision. Il se fait une réputation de langueur et d'excès. Il se fâche dès que, devant lui, on manque de respect à Benjamin Constant ou au Neveu de Rameau. Ce Drieu est, somme toute, assez sympathique. Il aime les Ballets russes, les écrivains d'Amérique, les voyages, l'île Saint-Louis, les longues marches sous la pluie. À cet instant précis où tout lui est offert, sa vie pourrait même s'accomplir dans le charme et la tendresse. Mais il y a, aussi, ce goût du naufrage. Cette affinité puissante avec la nuit.

C'est avec Berl, Rigaut et Breton qu'il découvre, un jour, le *Gilles* de Watteau. Il ignore sans doute l'histoire de ce tableau dans lequel Vivant Denon s'était déjà reconnu, et dont le héros suggère l'harmonie des bonheurs anciens. À son tour, comme la plupart des êtres qui ont voulu être heureux, Drieu croit retrouver certains de ses traits dans ce visage plaisant. Il en aime la grâce insatisfaite et le sourire narquois. Il se persuade qu'il aurait pu être cet homme simple, et droit, si la fatalité ne l'avait pas jeté dans des temps trop modernes. À travers le *Gilles*, Drieu signale, une dernière fois, sa nostalgie de la douceur, de la confiance en soi, d'une existence où la vigueur ne serait pas encore affaiblie par le désarroi. Gilles deviendra le prénom des héros insomniaques qui hantent ses livres, et auxquels il demande de le devancer sur le chemin des catastrophes. Ce qui agonise, avec eux, c'est le souvenir d'un Drieu qui aurait pu, comme on change de trottoir, esquiver tout ce qui l'attend.

Drieu rencontra Hemingway chez Nancy Cunard, au début des années vingt, et il fut surpris d'éprouver tant de sympathie à l'endroit d'un homme qui n'était pas né au XVIIIe siècle. Il l'observe avec curiosité, il compare ses épaules de portefaix à son propre corps si fragile, et cette âme de chien de chasse à son âme alanguie. Devant Hemingway, Drieu se sent usé, européen, déjà vieux. Il admire cet écrivain dont le visage ne se flétrira pas dans les salons. Il aimerait devenir l'ami de cet Américain qui erre à travers les continents, qui pratique le ski et la boxe, qui boit tous les alcools et se baigne dans des lacs glacés. De quoi parlèrent-ils ce jour-là ? De la guerre, sans doute, ou du courage, ou du sifflement distinct des obus autrichiens et allemands, ou des infirmières pour lesquelles ils avaient alors la même prédilection. Je les vois, se haussant l'un l'autre, le décadent et le barbare inquiet, avec leur héroïsme truqué et leur obsession vraie de la mort. Ils se croisent. Ils ne se ressemblent guère. Pourtant, Hemingway sera ému par la préface que Drieu rédigea pour *L'Adieu aux armes*. Et, le jour venu, ils se suicidèrent tous deux, comme deux êtres que tout sépare mais qui, à leur insu, habitent le même tourment.

Pourquoi, dès ses premières confessions, Drieu se sent-il coupable ? Pourquoi lui faut-il, sans attendre, répondre d'un crime qu'il n'a pas encore commis, et dont il s'accuse par avance ? Si les preuves manquent, il en invente et se couvre de forfaits imaginaires. Si ses amis, ou ses maîtresses, affirment que sa nature n'est pas aussi nocturne qu'il le prétend, il s'applique, par un curieux sens de l'honneur, à déjouer leur indulgence. D'abord dans ses romans où, ne parlant que de lui, il délègue à des doubles à peine fictifs le soin de suggérer sa veulerie. Puis, quand la fiction ne suffit plus, c'est à la réalité qu'il demande de l'accabler. Ses désirs ? Son talent ? Ses amours ? Il les veut, par principe, médiocres ou navrants. Il perd ses manuscrits et accuse des prostituées de les lui avoir volés. Il rate ses études, ses mariages, ses voyages, ses amitiés. En chaque circonstance, de la guerre à la littérature, il croit se heurter à un rival en face duquel il se convainc de son infériorité. Il est possédé, comme personne, par la terrible passion de décevoir. À chaque page, il revendique sa faiblesse ou ses turpitudes comme autant de trophées. Une culpabilité atroce se mêle, en lui, à sa volonté de salut.

Un jour, Berl me fit observer que *Récit secret* s'achève, comme *Sylvia*, aux Tuileries. Or, toute sa vie, il avait supposé que Drieu ne supportait que le Bois de Boulogne, tandis que Drieu reprochait à Berl de n'être qu'un promeneur du Palais-Royal. Après leurs habituels déjeuners chez Maxim's, ils s'étaient souvent séparés à la Concorde, sans s'avouer qu'ils auraient eu du plaisir à faire quelques pas, ensemble, dans les jardins tout proches qu'ils aimaient. De la même façon, Malraux s'étonna de retrouver, dans le *Journal* de Drieu, son propre goût pour l'histoire des religions. Ils s'intéressaient, tous deux, aux Upanishads, aux Évangiles, au Zohar — mais ils ne parlèrent que de politique pendant leurs nuits interminables. Chacun partageait ainsi, avec Drieu, une ferveur dont il ne s'était pas avisé. De telle sorte qu'après sa mort ses amis ne surent jamais, avec précision, quel homme venait de les quitter.

Longtemps, Drieu considéra la politique en dandy, et afin de compléter sa panoplie de barrésien. Ce ne fut qu'un divertissement pour commencer, puisque nul ne peut écrire plus de deux ou trois heures par jour, ni s'attarder davantage en compagnie des femmes, et puisqu'il faut bien s'occuper un peu le reste du temps. Barrès, lui, avait pris l'habitude de faire un tour à la Chambre, d'y ressentir de vagues frissons, de se pencher cyniquement sur l'avenir du monde avant de s'en retourner sur l'Oronte pour y polir ses métaphores. Avec le même style, selon la même humeur, Drieu n'attend d'abord, de la politique, que le prétexte d'un enfièvrement pour ses passions trop vides et soucieuses, en public, de se dissimuler derrière des arguments. C'est comme une partie de cartes, dit-il, et les règles en sont faciles. C'est une convention tout juste faite pour avoir quelque chose à dire aux gens qui, dans un dîner, ne savent pas parler d'autre chose, et dont il faut pourtant subir la conversation.

Mais, à mesure qu'il s'y risque, Drieu se pique au jeu. Son dandysme encore innocent s'alourdit des convictions qu'on lui prête, qui l'amusent, qu'il finit par assumer. La politique devient alors pour lui, et avant qu'il n'y prenne garde, un art de l'apparence, une manière de feindre l'emportement, de s'aventurer dans des zones favorables à des tragédies sans importance. Drieu donne quelques coups. Il en reçoit. Il y prend goût. On doute de son courage ? Le défi lui plaît, il y consacre une énergie qui, jusque-là, ne savait où s'employer. Bientôt, son âme est envahie par une vermine qu'il se croit capable de dominer, puis qu'il accueille sans trop y regarder, et dont il finit par se réjouir afin de paraître digne des reproches qu'on lui fait. La politique est encore un jeu. Une partie de cartes. Mais chacun s'y prend au sérieux alors que Drieu sut, jusqu'au bout, qu'il ne s'était jeté dans cette affaire qu'afin de se désennuyer. On rencontre ainsi des hommes qui se consument pour une passion qui n'est pas leur genre. Ils ne l'ignorent pas. Ils n'ont guère d'excuses. C'est comme une histoire d'amour où l'on s'égare par négligence, où l'on souffre pour rien — et qu'il eût été si simple de s'épargner.

Il lui fallait tout obtenir, paraît-il, pour le perdre aussitôt. Femmes, argent, succès. Comme s'il ne désirait s'enrichir que pour avoir le droit de mieux se ruiner. Il en allait de même avec les idées et les opinions, qu'il s'appropriait dans l'instant, et dont il aurait pu s'affranchir aussitôt. Ainsi, vivant, il change sans cesse. Il est surréaliste, maurrassien, fasciste, anglomane, bouddhiste, stendhalien, communiste. Je n'ai pas encore identifié le Drieu que l'on assigne, par habitude, à une seule de ses erreurs. Même mort, ajoutait Berl, cet homme ne fut jamais le même. C'était un mort avec lequel on pouvait se fâcher un jour pour se réconcilier le lendemain. Il avait conservé l'identité fluide de ceux qui passent en coup de vent.

Lorsque Drieu est mélancolique, il fait appel à Benjamin Constant. Il relit *Adolphe* ou *Le Cahier rouge*, il constate en lui les ravages d'un tempérament qui a déjà détruit l'âme de son aîné, qui le jette maintenant dans des aventures d'où il revient en se maudissant. Comme Benjamin, il se sent un goût malheureux et inachevé pour l'amour, la politique, la philosophie ou l'histoire des religions. Il a, dans son cœur, le même scepticisme dévoyé, le même dégoût devant sa vieillesse précoce, la même défiance à l'endroit de sa volonté. Comme Benjamin, il ne supporte pas d'être ignoré par les femmes qu'il rencontre, qui ne lui plaisent pas toujours, mais qu'il veut impressionner afin de recevoir, en retour, une image rassurante de lui-même. Dans sa vie, Victoria Ocampo fut une sorte de Madame de Staël. Et, dans ses dernières années, Beloukia eut pour lui le visage de Juliette Récamier. Drieu et Benjamin surent, chacun à leur tour, doser leur lâcheté, s'arranger d'un tyran, tricher avec l'honneur et la liberté. Les Cent-Jours ? La Collaboration ? Doriot ou Napoléon ? Il n'y a pas là de quoi les distinguer. Ce sont les variantes historiques d'une même nature qui, ici, bascule vers l'ambition et, là, vers l'avilissement.

Il déteste son corps, ses origines, ce lignage de petites gens dont il est né, et dont les flots de sang appauvri coulent dans ses veines. Cocteau le savait bien qui, pour l'humilier, conduisait parfois sa troupe de mondains jusqu'à Saint-Cloud, devant une pharmacie dont l'enseigne rappelait que les Drieu La Rochelle, malgré la prétention de leur patronyme, n'étaient que de modestes commerçants. Or, ces empreintes, Drieu veut les effacer. Il veut renaître à une autre vie, plus tumultueuse, plus héroïque. Une vie où il pourrait exister selon le roman qu'il s'est inventé. Le dandysme aurait pu suffire à cette illusion — comme la littérature, le XVIIIe siècle, ou l'anglomanie dont il se fait alors un masque. Mais Drieu, qui est exigeant, se tourne vers de plus coûteuses imageries. Il lui faut des drogues plus fortes, et à plus forte dose. À Nietzsche, il emprunte les béquilles ordinaires du petit-bourgeois mécontent. Lymphatique, il convoque des ancêtres vikings ou normands. Nostalgique d'un grand style, il dresse des listes de mots rares — « orle, buire, cannetilles, bézoard, algide, caquesangue » — qu'il réserve à un improbable « roman aristocratique ». Sensuel, décadent, il veut se guérir par un excès de pureté et de lyrisme froid. Puis, comme cela s'observe souvent, il passe de son corps à celui de la France. Un corps qu'il croit en péril et gâté comme le sien, sournois, défaillant. Drieu ne se perd jamais de vue lorsqu'il médite sur l'aube et le déclin des civilisations. Ses prophéties, bientôt, remplacent ses confessions. Le délire se rapproche. C'est l'écho terrible et inutile d'une haine qui, dans son principe, ne s'adresse qu'à lui.

Lorsqu'il devint fasciste, Drieu fit, comme il le raconte lui-même, un rêve étrange. Il porte un costume de lin froissé, il est las, assis dans sa propre bouche. Il tient à la main un tuyau qui projette de l'eau contre la paroi de ses dents pourries et recouvertes, comme d'une boue, par des amas visqueux de tabac. La boue s'accroche, ne cède pas, il redouble d'effort. Parfois, il s'apaise quand l'eau entraîne de grandes plaques sombres, quand elle dissipe cette puanteur et que, sous la pourriture, il retrouve des parcelles de blancheur.

Dans ses romans, dans son *Journal*, à ses amis, Drieu confie inlassablement le récit de ses errances et de ses vertiges quand, pour fuir le dégoût qu'il s'inspire, il passe de longues journées avec des prostituées du Sphinx ou de la rue Pasquier. Il aime la nonchalance de ces créatures déchues. Il aime leur présence convenue, leur plaisir calculé, leur lucidité sur tout ce qui touche à l'argent et au sentiment. Elles lui rappellent, dit-il, l'homme qu'il est devenu. Elles sont, comme lui, soumises et libres. Leur regard est fuyant. On peut les acheter sans les posséder. Souvent, Berl et Aragon ont vu Drieu s'échapper d'un dîner, ou fuir une maîtresse splendide, pour se réfugier dans l'un de ces établissements où on le dispense de plaire. Il s'y installe parfois pour quelques jours. Il y reprend son souffle. Il s'y retrouve, tel qu'il est, dans un climat de souillure hors duquel, déjà, il ne parvient plus à respirer.

Ce qu'il demanda au fascisme, puis au communisme, n'appartint jamais à l'ordre de l'idéal. Il ne jugeait les êtres qu'à sa mesure, il les devinait comme lui faibles et apeurés, toujours prêts à capituler devant un effroi intime ou un désir inavoué. Il pense alors que les grands raidissements de l'histoire vont se substituer à ses propres insuffisances, qu'ils lui procureront cette vigueur nouvelle dont il se sait dépourvu. Il croit aussi apprendre, en s'observant, que les hommes sont mauvais, indociles, avides, et qu'ils ont besoin d'un solide harnachement pour les dompter. Le fascisme, le communisme, ne sont donc pas, dans son jugement, des espérances ou des idéologies, mais des carcans. Ce ne sont pas des promesses d'enthousiasme, ni des élans, mais de pures techniques de domination. La société, au fond, doit redresser les individus tels que lui. Il convient de les empoigner fermement afin qu'ils ne s'égarent plus selon leur nature. Or, la démocratie — dont sa jeunesse avait pu s'arranger — a le tort de permettre aux hommes d'être ce qu'ils sont. Et elle ne propose aucun maître au Drieu qui se méfie de lui-même. Elle ne le protège pas contre ce qui, dans son intimité, aspire à une décomposition.

Il sut tout de suite qu'il ne s'imposerait ni par son génie, ni par son autorité, ni par ses intuitions. Il savait qu'une dizaine d'écrivains, dans sa génération, feraient des livres qui dureraient encore quand plus personne ne se souviendrait des siens. Puisqu'il lui fallait cependant, par quelque aspect de lui-même, impressionner Malraux, Giraudoux ou Paulhan, il choisit, comme on se réserve une partition, de tenir une fois pour toutes le rôle de l'intellectuel officiellement séducteur. Il devint ainsi cet homme couvert de femmes, ce littérateur d'alcôve dont les conquêtes, à défaut de l'œuvre, augmentent le prestige. Au début, le rôle lui convient. Les femmes apprécient cet écrivain disponible qui a le tact de les quitter avant qu'elles ne se lassent. On se le dispute. Une rumeur le précède. On lui envie ses liaisons. C'est un Don Juan auquel on cède par principe, et sans illusion. Mais Drieu, qui ne s'aime guère, ne tarde pas à se convaincre que ses femmes ne l'aiment pas davantage. Il ne doute pas que l'on va découvrir sa lâcheté profonde, il s'ingénie à surprendre une déception dans leurs étreintes. Il croit que la Polonaise, l'Américaine, les juives, l'Italienne, Beloukia, le considèrent déjà avec ses propres yeux, et il devance leur pitié en les méprisant. De plus, ses désirs sont ainsi faits qu'il ne désire que les femmes des autres. Il exige, pour ses maîtresses, des maris riches ou puissants, des banquiers, des hommes influents, afin que le prestige d'un rival rejaillisse publiquement sur son charme. Bientôt, ce séducteur en est réduit au rôle intenable de l'amant, et il voit se reformer derrière lui les couples qu'il n'a séparés qu'un instant. Vers la fin, il se souvient de tous ces visages, de tous ces corps. Il se demande pourquoi la vie ne lui a servi que des passions provisoires et des sentiments clandestins.

À ce sujet, Victoria Ocampo précise que Drieu brisait, ou renversait sur son passage, la plupart des objets dont il voulait se saisir. Il ratait toujours, dit-elle, *une partie de ses mouvements.* Comme ses amours. Comme les derniers chapitres de ses romans.

Sa vie ne fut qu'un chaos d'images légères ou sombres. Une succession confuse de roueries, d'ambiguïtés, de trahisons. À sept ans, il veut déjà se suicider afin qu'on le console, et presse un couteau contre sa poitrine d'où jaillissent quelques gouttes de sang. Puis il est à Charleroi, sous la mitraille, afin de devenir un Fabrice auquel ne manquerait que Stendhal. Puis il épouse Colette Jéramec, pour son argent, et parce qu'il ne lui est pas indifférent de faire savoir à ses futurs biographes qu'il a pu être ce gigolo cynique et inélégant. Il fait semblant de lire les Gnostiques sur une plage de Biarritz, tandis que Crevel lui écrit un poème sur le sable. Il est avec Gide et Valéry au bar du Pont-Royal, il leur parle de son prochain livre, il insiste sur tout ce qu'il leur doit, mais il voit bien qu'on le repousse un peu et qu'on ne l'écoute pas. Il est avec Borges dans un cabaret de Buenos Aires. Il est dans un meeting avec Doriot, il est à Moscou ou à Berlin — il ne sait plus à quel camp il appartient. Il est aux Tuileries, il va encore se suicider, il rencontre un milicien dont la complicité lui fait horreur, puis un résistant qui fut son ami, et qui refuse de lui serrer la main. Le destin va trop vite, Drieu n'arrive plus à le suivre, c'est une dérive folle vers l'erreur. Épuisé, en bout de course, il se dit encore que l'histoire, parfois, « fabrique de grandes perspectives avec des petits morceaux de décor ».

Quand j'ai découvert le Drieu du *Journal*, je ne l'ai pas vraiment reconnu. Qu'était devenu le stendhalien ? L'ami de Berl, de Hemingway, de Malraux ? Que restait-il, à travers ces aveux blafards, du Drieu dont les désarrois avaient été, un peu, les miens ? Qu'avais-je encore à faire de cet homme perdu entre deux tubes de Luminal, dans son nuage d'encens et de tabac, qui lit la *Bhagavadgîtâ* et le *Livre des Morts* tibétain ? Qui guette, après ses nuits ravagées, le déluge qui emportera enfin son âme, la France, les juifs, la littérature ? Et pourtant, devant ce *Journal*, je n'ai pu — après Berl et Malraux — m'empêcher de croire que Drieu, à dessein, en rajoutait. Qu'il voulait, à la faveur d'un calcul étrange et bien dans sa manière, impressionner par sa noirceur et son ignominie. Certains défauts, que la nature a pu nous épargner, adviennent ainsi par l'orgueil — et cette hypothèse convient à un Drieu qui se tient désormais au bord du vide. Il se dit qu'un grand malentendu, c'est toujours ça de pris. C'est une façon comme une autre de ruser, et de déjouer l'oubli, quand on s'est convaincu qu'il n'y a rien d'autre à proposer.

Quelques jours avant sa mort, Drieu reçoit le manuscrit d'*Aurélien*. A-t-il le temps, ou le goût, de se deviner dans ce miroir ? A-t-il compris qu'Aragon, en lui offrant ce double de lui-même, le dispense de s'attarder dans l'existence ? Depuis longtemps, Drieu avait entrevu, en écrivant, tous les avantages de l'irréalité. Il avait mêlé par plaisir l'encre à son sang, et ses désirs à ses fictions. Sa dernière maîtresse, Beloukia, porte le nom qu'il lui a donné dans un conte oriental, et elle l'appelle Hassib en souvenir du livre où ils se sont aimés. Il a fait mourir tant de héros à son image, comme on se suiciderait à blanc, qu'il se demande qui il est, et s'il est encore vivant. Ce Drieu, par-delà l'horreur dont il fut le complice, m'émeut plus que tout autre. Il est Aurélien, Hassib ou l'un de ses Gilles. C'est le héros en suspens d'un roman dont l'épilogue, cette fois, doit être digne de tout ce qui précède.

L'avenir du Drieu qui aurait survécu à son dernier suicide ? La femme de ménage qui revient dans l'appartement de la rue Saint-Ferdinand, l'ambulance, on le sauve encore, on organise sa fuite vers l'Espagne. À la Libération, Malraux et Paulhan offrent leur caution devant un tribunal. Berl et Colette Jéramec lui pardonnent et impressionnent les juges en affirmant qu'il aurait pu leur sauver la vie. Il se cache. Il fait disparaître son *Journal*, soigne quelques préfaces où il s'excuse dignement, il s'installe en Suisse avec Morand. Dix ans plus tard, il écrit ses Mémoires et donne des conférences. L'Académie l'attend. Drieu peut alors recycler ses névroses. Il est célèbre, prudent, sans doute stalinien. Il se réconcilie avec lui-même sous le regard admiratif des nouvelles générations. Pour retrouver un public, il se moque de ses anciennes prophéties. Il pourrait même publier quelques romans de jeunesse en vieillissant.

Jusqu'au dernier moment, tous voulurent pourtant le sauver. Berl, Malraux, Colette, Beloukia, Paulhan. Tous, sauf Aragon que ce jumeau encombrait et qui avait besoin d'un *cas* Drieu pour conjurer ses propres égarements. Tous ont voulu le sauver comme si, en un sens, l'homme qu'ils avaient connu, et aimé, était toujours innocent, ou comme s'il pouvait à nouveau le devenir. Mais si Drieu s'est compromis jusqu'à la déchéance, s'il a méticuleusement organisé son naufrage, ce n'est pas pour se priver du supplice qu'il s'est promis. À la fin de la guerre, il refuse que le sort lui désigne un bourreau de circonstance. Il préfère achever par lui-même sa besogne. Il méprise les canailles qui l'entourent. Il ne veut rien devoir à ses ennemis. Il refuse les faux passeports et les exils inutiles. Seul, dans une ville qui se libère, il ajuste les ultimes répliques de son personnage. Il a cinquante ans. Il caresse sa mort prochaine. Ce fruit mûr qui est encore à l'arbre. Qu'il effleure de ses lèvres. Qui, déjà, tombe dans sa main.

Van Gogh et Judas furent ses derniers compagnons. Le suicidé. Le traître. Au premier, il consacre un roman inachevé. Au second, une pièce de théâtre où il précise curieusement ses dernières pensées. On y rencontre un illuminé qui croit que son infamie sera nécessaire à la gloire du Christ, qui se dévoue en ce sens, qui se damne presque par esprit de sacrifice.

Lorsque Pierre Drieu La Rochelle me manque, lorsque ma nostalgie l'acquitte à nouveau et sans raison, je me dis qu'il a peut-être, lui aussi, noirci son existence afin de racheter — par orgueil — les innocents qui lui survivent.

Comme s'il avait voulu être, en littérature, en vie, un frère maléfique qui endosse l'opprobre et l'abjection. Une sorte de saint, en fin de compte, qui se perd et se détruit, pour garantir l'innocence de ceux qu'il a trahis.

III

L'allure de Brummell

Autrefois, je n'appréciais que la litote, le sarcasme, les répliques brèves et la froide sonorité de l'indifférence. Il me paraissait décent de n'éprouver aucune des émotions ordinaires, et je n'aspirais, par convention, qu'à une métaphysique de la distance ou du dépit. À partir de là, je m'étais improvisé toutes sortes d'affinités avec un stoïcisme décoratif. Je tenais les aveux en grande suspicion. J'avais le culte des choses infimes, des détails définitifs, des styles en retenue, des exploits où le divertissement se confond avec l'ascèse. Je ne saurais dire pourquoi, au fond, le début de la vie m'avait ainsi fait, ni à quelles influences je devais de m'être réglé sur de si curieux principes, mais ce fut, je m'en souviens, dans ce climat de jansénisme facile que j'entendis pour la première fois le nom de Brummell.

On m'assura aussitôt que cet homme, qui fut un peu le Rancé de la mystique élégante, avait porté son art de l'apparence jusqu'au bord de la sainteté. Qu'il avait maîtrisé, seul, le grand nombre de raisonnements exacts que suppose l'harmonie d'une présence. Qu'il avait été, par défi, le martyr d'une Passion égoïste et avide de transcendance auprès de laquelle je devais soudain me renseigner sur moi-même. Qu'avais-je à espérer de ce lointain dandy et de sa morale en trompe l'œil ? De cet amateur de néant dont le génie ne s'exerçait, dit-on, que sur la forme d'un geste ou sur les plis d'une étoffe ?

Dans cette rencontre, je m'avançai par degré. Il y eut d'abord, en moi, une sorte d'idéal acquis par principe à une forme supérieure de la stérilité. Puis vinrent, par hasard, les évangiles où Baudelaire et Barbey d'Aurevilly glorifièrent Brummell à l'égal d'un dieu profane. Il y eut, encore, toute cette littérature pluvieuse de l'Angleterre qui inventa la mélancolie. Il y eut Balzac ou Byron en apôtres de la Fashion. Il y eut ces légendes, presque christiques, d'une ferveur où le salut s'encombre de colifichets, où les palais de Belvoir et de Carlton House se distinguent à peine des déserts antiques. Je fis aussi, en ce temps-là, quelques voyages jusqu'à ce cimetière de Caen où Brummell fut enterré. C'est un ancien cimetière protestant que personne ne visite désormais. Et c'est là qu'il acheva son chemin de croix après que l'exil lui eut infligé une déchéance sans pareille. Qu'était donc le mystère qui avait rendu tout cela possible ?

Personne ne sait, en vérité, à quelle grâce, à quels mots, à quel rite de séduction Brummell dut le prodige de son existence, puis de sa majesté, dans une société dont les principes exigeaient pourtant qu'il ne fût rien. Était-ce lors d'un bal en l'honneur de Sheridan ? Quand il fut admis au Pavillon royal de Brighton ? Dans son salon de Chapel Street lorsque Byron y fut initié à la cérémonie des bottes cirées au champagne ? Quand la rumeur révéla à une *gentry* en extase qu'il ne fallait pas moins de cinq tailleurs — un par doigt — pour chacun de ses gants ? Quand, en 1794, le Prince de Galles désigna comme favori ce petit-fils de confiseur dont le regard possédait déjà l'éclat d'une singulière royauté ? J'ai lu, et relu sans comprendre, les récits de ceux qui furent, jusqu'à l'envoûtement, les témoins de ce miracle. Ce sont, le plus souvent, des récits hallucinés et vaporeux, des évocations en suspens, des relations vagues et incrustées d'inexplicables transports. On y voit Brummell, tel qu'il surgit alors, sombre adolescent, en provenance de lui-même et égaré dans une aristocratie qui, bradant ses lignages, semble abdiquer en faveur d'un ange. Pourtant, rien ne le désigne encore. Ses gestes sont ordinaires, mais on leur concède aussitôt une ampleur céleste. Il ne prononce que des paroles douces ou sans relief, mais chacun s'y soumet. Il n'a aucune fortune, aucune naissance, mais personne ne songe à discuter le moindre de ses décrets. Byron, Sheridan et Lord Yarmouth seront les premiers à prêter serment d'allégeance. Le vieux Roi George III sollicite son opinion sur l'usage délicat du ruban, des mouches et de la perruque. Madame de Staël — que Brummell méprisera toujours — se lamente de lui avoir déplu, un soir, en avançant l'hypothèse selon laquelle pourrait exister un dandysme féminin. À Paris, Napoléon s'inquiète de ce nouvel astre qui risque d'éclipser sa propre gloire, et il dépêche quelques espions parmi ses valets de chambre. Pendant ce temps, Brummell, tout à son recueillement, accepte sans surprise ces hommages qui lui semblent dus.

Il porte, comme toujours, un habit bleu nuit, un gilet blanc, un pantalon ajusté et boutonnant sur la cheville. Sa cravate de batiste, tel un Styx enroulé neuf fois autour de son cou, lui fait un écrin éclatant et fatal. Ce premier Brummell n'a qu'une beauté de contenance et non de traits. Son nez est trop abrupt, ses lèvres trop pâles, son allure procède de l'esprit plus que du corps. Que s'est-il alors passé, au même moment, dans tant de jugements, pour que cet être-là soit aussitôt tenu pour un Dieu ? J'ai lu, et relu sans comprendre, les récits de Captain Jesse, de Bulwer-Lytton, de Lady Morgan et, plus tard, ceux de Virginia Woolf. Ce sont des récits dévorés par leur prétexte immatériel. Ils tentent de capter une foudre, de préciser un tremblement de charme, puis ils y renoncent, comme si la vérité de Brummell était à jamais indescriptible, et seulement comparable au souffle dont la preuve ne tient qu'à ce qu'il déplace. Il se pourrait, après tout, que cet homme n'ait été qu'un mirage. Que son prestige n'ait eu besoin, pour advenir, que d'une abondante rêverie et d'une perfection imaginaire. Mais les individus, comme les sociétés, ne se refusent aucune chimère dès lors qu'il leur faut se jucher au-dessus d'eux-mêmes. Et, à l'âge que j'avais quand ce dandy me parut si aimable, je devais être avide de tous les prodiges que Brummell savait accomplir : paraître, et triompher, sans qu'un effort vulgaire, ni même quelque don, ne vînt préparer cet avantage ; séduire par l'immobilité quand tous s'agitent ; s'emparer du monde en l'effleurant ; aimanter par désinvolture les désirs ambiants. Ce Brummell-là sera toujours indispensable pour qui veut inscrire sa morale dans un système d'illusions.

L'illusion ? Il en fit donc, à dessein, la matière même de son art et le principe despotique de son gouvernement. Puisque Brummell sait qu'il n'est rien, il va s'engendrer, se dissimuler, se contraindre à n'être qu'un masque sans visage, qu'un héros dépourvu d'identité. C'est à partir de cet exercice spirituel — « The Making of Me » — qu'il se réduit à une pure manifestation, à un inépuisable gisement d'artifices. Que veut-il vraiment ? Jusqu'à quel point se laisse-t-il abuser par son sacerdoce frivole ? Brummell se tait. Il règne sur des signes. Il célèbre le sublime imperceptible. Il n'étend sa loi terrible qu'à des agencements secondaires. De son vêtement, il s'est fait une meilleure peau, une muraille opaque d'où il tire la règle de son élégance : *le dandy s'habille pour devenir invisible.* Il choisit de se vêtir comme le belluaire choisit d'être nu — afin de n'offrir aucune prise. Il peut alors s'esquiver derrière son apparence comme un absolu derrière son incarnation.

Chaque matin, dans le salon de Chapel Street — où, sous des voûtes immenses, on a dressé un petit autel — Brummell organisa, pendant plus de quinze ans, sa propre disparition au cours d'une cérémonie où l'on briguait longtemps l'honneur de figurer. Le Prince de Galles y assiste, avec quelques Beaux et quelques Lions parmi les plus illustres. Silencieux, vigilants, ils tendent à Brummell un peigne, un polissoir, des pommades, l'une de ses précieuses tabatières, selon un protocole savant et prescrit par de délicates préséances. Ils servent une messe dont Brummell est l'officiant, tandis qu'une foule de myrmidons ambitieux se bouscule dans des galeries attenantes afin de recueillir, peut-être, son secret. Devant un miroir, Brummell consent alors à l'immuable liturgie : abîmes d'hésitation quand on lui présente des dizaines de chemises pourtant semblables ; méditations infinies sur une soie ou un velours ; théologie du gilet, de la ceinture, du pourpoint, du drapé. Puis, quelques valets choisis entre tous présentent humblement ces pièces de batiste que le dandy va nouer sur sa gorge avec une habileté dont chacun s'éblouit. Un mouvement précis, un seul, ce *coup d'archet*, qui ne souffre guère l'approximation. Si l'étoffe est à peine froissée, si elle n'a pas aussitôt rencontré le volume parfait auquel l'esprit la destine, on rejette avec mépris ce matériau rebelle, et on le distribue à l'entour comme une aumône. Parfois, Brummell exprime une opinion ; il détruit d'un mot l'emphase des parures en vogue ; il se moque des singes de cour déguisés, des Inc'oyables, des Me'veilleux, des perroquets qui se poudrent, se parfument, ou placent des émeraudes sur la boucle de leur chaussure. Il ne veut, quant à lui, qu'une élégance sobre et sans ornement. Il aime le noir, le blanc, le bleu presque noir. Il refuse les torsades, la fantaisie, les caprices ou les bijoux, avec tant de rigueur que le Pape, depuis Rome, croit devoir fustiger cette nouvelle autorité luthérienne. Quand la cérémonie s'est accomplie, le Prince de Galles et la Fashion escortent Brummell à Hyde Park ou chez Watier. Ils observent et commentent sa manière de marcher — buste légèrement porté en avant, comme s'il devait se contempler dans le miroir verni de ses escarpins —, sa manière d'entrer dans une pièce, de lever son verre, de se déplacer sans mouvement, de voir sans regarder, d'imposer la fiction de son dandysme naturel. Ils envient l'exquise originalité qui lui permet de faire, d'une allusion, la fortune d'un fournisseur, ou de mettre un inconnu à la mode en acceptant d'être vu à ses côtés. C'est cet autocrate de l'opinion que Byron, à la fin de sa vie, jugeait plus admirable que Napoléon. C'est de ce Brummell, mystique et cérébral, capable de verser à dose égale l'effroi ou la sympathie, que Baudelaire fit un prêtre selon son cœur.

À Sheridan, Brummell confia un jour que, pour devenir lui-même, il lui avait fallu livrer des batailles dérisoires, et s'honorer de victoires insignifiantes.

Il ne se mêla des affaires publiques qu'en trois circonstances. Il fit interdire la valse, trop propice à l'émotion, et qui contraint par son rythme les formes idéales du vêtement. Il obtint également, de Pitt, l'établissement d'une taxe ruineuse sur la poudre de perruque car il avait cru discerner, chez les hommes qui en usaient, des dispositions morales insuffisantes. Il voulut enfin prescrire, par un décret qu'il rédigea avec Byron, le port du gant — qui était devenu une catégorie décisive de sa philosophie. Le gant, en effet, promet la distance et protège d'autrui. Il possède, surtout, la vertu d'assourdir l'enthousiasme, cet ennemi radical du dandysme, quand il convient d'applaudir des acteurs en société ou au théâtre. Le Parlement allait retenir cette dernière mesure quand Brummell, contre toute attente, choisit de s'exiler.

C'est en pensant à l'art de Brummell, à son énigmatique présence, à son souci dandy de suggérer toujours plus qu'il n'exprime, que Stendhal, dans *De l'amour,* conseille au lecteur qui serait surpris par ses propres ellipses de rajouter à ses phrases les cinq ou six mots qui leur manquent.

Les sentiments ? Personne ne lui en prête. Et lorsque Brummell, donnant l'assaut à la High Life, introduit son calme antique au sein des agitations modernes, il se flatte même de n'avoir aucun nerf. Pourtant ce n'est pas, comme chez Sénèque, à l'harmonie de ses facultés qu'il doit cet apaisement, mais à la lassitude puissante dont il s'est fait une morale. Parfois, une légère impatience devant la coupe d'un manteau, ou cette vibration furtive de la narine et du sourcil lorsqu'il perd au jeu — mais là s'achèvent ses brèves concessions à l'humanité. Sentir, aimer, désirer, c'est encore dépendre, quand Brummell aspire à une sagesse minérale. A-t-il, par-delà son vêtement, quelque préférence ? A-t-il, sur les sujets du jour, quelque conviction ? Si l'on insiste, il prie François, son valet, de répondre à sa place. Est-il vivant ? À peine — et rarement. Il se réjouit même de n'avoir en ce monde ni famille, ni amis, ni maîtresses. Un jour, Lady Stanhope — cette nièce romanesque de Pitt qui, retirée en Orient, ne voulait conserver, de toute la civilisation, que le nom de Brummell — l'obligea beaucoup en le traitant de cadavre. Autour de lui, Nash, Lauzun, d'Orsay, Sheridan ou Byron, sont aussi des dandys. Mais s'ils ne l'avaient pas été, leur prestige n'eût pas souffert car on les savait, par ailleurs, beaux, riches, spirituels, poètes. Or, sans le dandysme, Brummell n'existe plus. Sans ce rôle, sans le néant qui l'enveloppe, il ne serait, de son propre aveu, qu'un « habit qui marche tout seul », comme ces Bucks chamarrés qui, dans Hyde Park, tentent de l'imiter.

Il n'a rien, en effet, de commun avec d'Orsay, qui dispose d'une poitrine de colosse et d'innombrables passions, d'un charme généreux et de tant de sang rouge dans les veines. Mais d'Orsay est un dandy français qui boit, et mange, ou souffre, autant que n'importe quelle autre créature. À d'Orsay, il manque un peu de cette lymphe — « cette eau dormante qui n'écume que lorsque la vanité la fouette » — dont le dandy anglais a fait toute sa physiologie. Brummell, lui, n'est qu'un cadavre de la Fashion, qu'une représentation de lui-même, dépouillée de tout frémissement, et animée par la seule force de ce qui la distingue. En lui, hors de lui, Brummell a éteint le désir et la couleur. Sa forme d'immortalité, que l'excès ou la profusion eût contrariée, gagne alors à n'être qu'une manière d'indigence.

Pour imaginer le roman vrai de cet homme, pour retrouver le son de sa voix ou le parcours abstrait de son intelligence, il faudrait convoquer des mots, des climats, des contextes moraux et politiques, dont le sens même s'est enfui. La vraie tombe de Brummell ressemble aussi à cet amoncellement de choses révolues.

Tandis que Lauzun intrigue pour épouser Mademoiselle de Montpensier, tandis que les dandys balzaciens sont avides de fortune et de carrière, Brummell refuse, chaque jour, tout compromis avec l'ambition. Par fantaisie, il néglige d'engranger le bénéfice de sa gloire. Il ne guette qu'un « royaume sans royaume » dont il lui faut sans cesse parfaire le faste. Quand la vanité lui signalera qu'une certaine déchéance peut encore augmenter sa réputation, il choisira la déchéance — comme il s'emparerait du trophée qui lui manque.

J'aime que l'on ait souvent comparé Brummell et Napoléon. Deux êtres jaillis de nulle part. Deux météores de la High Life ou de l'Histoire. Ils ont réussi, dans un même mouvement, à tout conquérir avant de tout perdre. Leurs règnes respectifs coïncident dans le temps, leur gloire avance au même rythme, l'ultime défaite les surprend au même instant. Brummell fut ruiné, au cours d'une partie de whist, le soir de Waterloo. Et le banquier qui le ruine, Nathan Rothschild, est celui-là même qui, le lendemain, devra son immense fortune à la déroute de l'armée impériale. Pendant quinze années, Napoléon aura répandu le tumulte sur son univers tandis que Brummell, par son impavidité, n'en finissait pas de subjuguer le sien. Il y aura toujours des esprits pour lesquels tout sépare ces deux souverains. Et d'autres, comme Byron et Stendhal, pour s'émouvoir du mystère qui a tissé leur étrange proximité.

En 1811, chez Watier, Brummell décide donc, alors que rien ne l'y oblige, d'humilier en public le Prince de Galles — qui doit, dans les jours suivants, devenir régent — en le priant de sonner lui-même ses domestiques. Le futur régent commence par obéir, puis il se ravise, car toute la Fashion l'observe, et il ordonne enfin que Brummell soit chassé du Club où il régnait en maître. La provocation du dandy reçut aussitôt un écho philosophique dans l'Europe entière. Certains y virent le second vacillement de la monarchie anglaise. Une secte de démocrates parisiens crut même que Brummell venait de rejoindre le rang des Lumières et du Progrès — alors qu'il ne se plaisait, par ce geste, qu'à vérifier son influence. Séduire un roi était, à l'évidence, trop aisé. Il lui fallait s'offrir le luxe plus rare d'une fâcherie qui établirait sa supériorité aux yeux de tous. Certes, Brummell triompha pendant quelques années de la disgrâce dont il avait, seul, choisi le lieu et l'heure. Le Régent fut au désespoir, il prit de l'embonpoint, on l'appela *George-Ring-the-bell*, les Lions et les Beaux évitèrent d'être surpris en sa compagnie. Puis, à mesure, la réalité courtisane reprit ses droits et chacun retrouva le sens des usages. De plus, Brummell perdait alors, au jeu, plus que d'ordinaire et ses créanciers se firent plus impatients. Davidson et Meyer, ses tailleurs attitrés et riches de tant de secrets, allèrent jusqu'à réclamer le paiement d'un frac au dandy qui leur avait pourtant permis de l'inventer. En quelques saisons, vaincu par l'argent dont il n'avait jamais consenti à faire son rival, Brummell doit donc quitter la scène où il fut si longtemps adulé. Dernière grande toilette. Dernier souper chez Watier. Dernière soirée à l'Opéra. Le 16 mai 1816, un peu avant minuit, Brummell fait ses adieux à Byron, à Yarmouth, à Sheridan. Personne ne se doute qu'une voiture l'attend aux portes de Londres, et qu'à l'aube il embarquera pour Calais. Pendant la traversée, il compose un poème, le seul qu'il écrivit jamais. C'est un poème triste et charmant qui, en quelques vers, raconte gracieusement les funérailles d'un papillon.

« Le dandy, *observe Barbey d'Aurevilly,* respecte toujours la Règle. Il en souffre, et s'en venge, tout en la subissant. »

Pourquoi le sort a-t-il voulu, dès lors, que Brummell survive longtemps à sa défaite ? Pourquoi ce spectacle inutile d'un dieu qui s'affaisse et touche terre ? Il aurait pu, sans risque, se réconcilier avec le Régent. Il aurait pu s'enrichir en dictant les Mémoires que l'Europe attend, que tant d'éditeurs lui achèteraient à prix d'or. Mais, même au supplice, la vanité ne le lâche pas, et Brummell récuse par avance une fortune qui ne tiendrait qu'au commerce de l'indiscrétion. Il sait pourtant que le dandysme ne résiste pas à la solitude. Qu'il se meurt dès qu'on le prive du regard d'autrui. Il s'y résigne cependant, il s'installe à Calais où il est encore consul, puis à Caen où il n'est plus rien. Il s'est échoué dans cette province comme la Princesse de Mouzat à Benges ou Chamfort à Auteuil. La Providence se devrait d'abréger ces crépuscules mais, par un vrai mystère d'iniquité, ils durent et s'obstinent. Le crépuscule de Brummell s'obstinera donc, pendant quinze années — autant qu'avait duré sa gloire. Loin de son théâtre, et bien qu'il affirme ne se trouver que rarement là où est son corps, Brummell va accueillir sa lente désintégration avec une lassitude que personne, à ce jour, ne comprend. Il se défait par méthode. Des crises de paralysie détruisent ce visage que l'esprit modelait. La pauvreté dévore son dernier éclat. Pourquoi ne s'est-il pas suicidé ? Nul ne le sait. Mais Brummell, sanglé dans un habit dont il a vendu les boutons d'or, et qui n'a conservé de sa première vie que l'habitude d'essuyer son rasoir entre les pages d'un livre de Madame de Staël, préfère la démence qui s'approche à une capitulation devant la réalité. Parfois, quand la folie le tient, il ordonne que l'on dispose, comme pour une fête, des fleurs et des candélabres dans sa modeste chambre de l'Hôtel d'Angleterre. Il doit, dit-il, y recevoir les hauts personnages dont il fut la Loi Vivante et qui, bien sûr, n'arrivent pas. Le spectacle de cet homme hagard divertit voyageurs et négociants. On vient, comme au cirque, observer celui qui fut autrefois cet inaccessible « palais dans un labyrinthe », et qui semble désormais s'entretenir avec ses chimères.

Le dandy qui avait déclaré une guerre permanente à la nature est maintenant obèse, et il n'a plus sa raison. Brummell, devenu un pauvre *Bro-*

ken Beau, ne distingue plus le champagne de la bière. Après avoir renoncé à sa batiste blanche pour un foulard noir — d'aucuns datent de ce jour la vraie mort de Brummell — il vend sa dernière cravate pour acheter des biscuits de Reims. Il courtise une marchande de pralines. Il s'attable avec qui veut bien payer son repas et, affamé, il se bat avec ses convives pour s'emparer des meilleurs morceaux. Lui qui ne s'animait jamais est devenu volubile. Il agite sa perruque pour amuser les enfants. Il s'éprend d'une fille de ferme qui, finalement, repousse ce fou qui veut la présenter au Roi d'Angleterre. Un matin, Brummell, que personne n'avait pu, jusque-là, surprendre à son réveil, est arrêté sur la plainte d'un créancier — Stendhal affirme qu'il s'agissait de François, son ancien valet, qui réclamait ses gages — et conduit en prison, presque nu. Il mourra peu après à l'asile du Bon-Sauveur pendant qu'à Londres la gentry s'arrache encore, comme des reliques, chacune de ses chemises ou de ses tabatières.

Quand je retourne aujourd'hui dans le petit cimetière de Caen, je ne peux m'empêcher de songer à tout ce qui survit un peu, là, parmi les tombes effondrées, les fleurs sauvages et les arbres à l'abandon. On y croise encore les pauvres pensionnaires du Bon-Sauveur qui se promènent, l'œil fixe, en hochant la tête, sans se douter que leurs ancêtres furent les derniers compagnons du grand Brummell.

Baudelaire a porté, sur cette affaire, un jugement définitif. D'après lui, en effet, le dandysme appartient aux époques transitoires, quand la démocratie n'affiche pas encore sa puissance, tandis que l'aristocratie n'est que partiellement chancelante. Cette religion de l'apparence ne serait ainsi qu'un éternel soleil couchant ; que le legs d'un âge toujours presque achevé. Pour qu'un Brummell soit concevable, pour que l'on accorde un reste de signification à sa légende, il faudrait donc que le pouvoir de l'opinion ne l'ait pas emporté sur tous les autres, et que la stérilité elle-même soit considérée comme l'un des beaux arts. Cet âge a existé — mais qui sait s'il reviendra ? Autrefois, je m'en désolais, puis j'ai vite renoncé à cette pauvre nostalgie. Rien, en effet, n'est moins fidèle à la leçon de Brummell que les lamentations de ceux qui se plaignent des époques où le hasard les jette. Pour le dandy, hier et demain sont des séjours indifférents. Et, toujours, le dandy consent au monde tel qu'il est fût-ce pour l'ignorer ou le subvertir par désœuvrement.

IV

Les derniers jours de Romain Gary

En ce temps-là, je ne voyais dans son visage, dans son regard, que les feux mal éteints d'une première existence. Il avait été jeune et flamboyant, mais il ne l'était plus. Des femmes excentriques, belles, poétiques, l'avaient aimé, puis quitté. Ses romans, jadis attirés par la démesure et le souffle, n'étaient plus que des chapelets d'émotions élémentaires. Ses rêves eux-mêmes, à ce que j'en devinais, s'étaient perdus dans des passions ordinaires d'où il guettait, à la slave, une mélancolie de fin de saison.

On lui faisait alors une réputation douteuse — celle d'un écrivain un peu mort de son vivant, et assigné par la rumeur à un destin dont la chute s'obstine en deçà des commencements. Par quel mystère était-il ainsi passé si près de lui-même ? Quelle grâce lui avait donc fait défaut ? Pourquoi la gloire s'était-elle soudain dérobée devant lui en l'abandonnant à une négligeable survie ? Il ne le savait pas, mais les choses s'étaient agencées de la sorte. Une mauvaise plaisanterie. Il fallait, me disait-il, y consentir en tirant, au jour le jour, quelques traites sur un avenir incertain.

La vie l'avait d'abord essayé dans de grands rôles — avant de se raviser. On le sentait désormais privé des postures et des arrogances sans lesquelles le public s'ennuie, puis s'absente. Sa conversation, pâteuse et terne, n'intriguait plus les impatients. Ses cheveux noircis au peigne de plomb, sa fine moustache de Mongol, son bonnet de coton bolivien, ne retenaient que des individus sans exigence, et dont la compagnie aggravait en retour son allergie au genre humain. Il portait alors des chemises de soie parme ou verte qui l'enveloppaient comme un étendard de séducteur assagi. Pas facile, sans doute, de réduire ainsi les ambitions qui se sont lancées sur un grand train. De se réfugier, en fin de parcours, dans une identité moins vaste que celle dont on s'était fait un séjour idéal. Romain Gary ne ressemblerait jamais au mangeur d'étoiles qu'il avait voulu être et auquel je feignais de m'adresser, à l'occasion, afin de lui épargner une réalité insuffisante. Il maudissait son destin trop court. Il ne s'en remettait pas de n'avoir connu qu'un début de légende. Pour lui, le crépuscule n'avait pas tenu la promesse de l'aube.

Il détestait le timbre gras et prétentieux de sa voix. Il ne supportait pas davantage son visage plein de morgue — qui, disait-il, « ne coïncide pas avec ce que je suis au-dedans ». Plus tard, il ajoutera : « J'ai des problèmes avec ma peau, car ce n'est pas la mienne. »

Il hébergeait alors, rue du Bac, une jeune femme que je voyais souvent — une créature sensible et nomade, comme il les aimait, et auxquelles, en conquérant défait, le soir venu, il racontait sa vie. Lorsque j'arrivais chez lui, parfois tard dans la nuit, il voulait toujours, tel un bateleur qui retiendrait par la manche un spectateur hésitant, revisiter toutes ses saisons magiques et, devant moi, il se croyait tenu de raviver des fanfares anciennes. Il évoquait alors ses états de service, à Londres, pendant la guerre. Ses pokers fastueux, à Sofia, avec Dimitrov et un couple d'espions. Il évoquait encore, comme une gloire sans pareille, ce jour où Walter Wanger lui demanda d'être Jules César dans un péplum produit par la Fox. Ou son duel au pistolet dans un couloir du Regent's Park avec un officier polonais. Et il était fier de cette grenade allemande qui avait brisé sa mâchoire et figé son sourire. Quelques instants de grâce le hantaient : le jour, par exemple, où de Gaulle, l'accueillant dans la troupe des enfants mystiques de la France, le félicita d'être l'un des cinq survivants de son escadrille ; ou cette conférence de presse, au Pont-Royal, quand il apprit en revenant de La Paz qu'on lui avait décerné son premier Goncourt. La foule. Les photographes. Les jolies journalistes. La fête qui se poursuit dans une suite du Crillon où, le lendemain, il écrit dans la joie le début de son prochain roman. Connaîtrais-je jamais des instants plus délicieux ? Et voulais-je qu'il me détaille, une fois de plus, ses idylles avec Mae West ou Dolorès Del Rio ? Et m'avait-il déjà parlé de ces bals vénitiens, en automne, chez une fausse princesse qui venait de Salonique ? Tout cela, en vérité, avait un relent de vieux parfum. C'était la trace d'une vie qui s'éloigne dans un sillage de serpentins. Une chronique qui s'est abrégée, et où l'on s'efforce de paraître quand le cœur n'y est plus. À la fin, après avoir beaucoup bu, et tandis que la jeune femme s'était depuis longtemps endormie, il se reprochait d'avoir trop vidé sa mémoire devant un témoin, et il se retirait dans son tourbillon de colère.

Dans sa jeunesse, parmi les émigrés russes de Nice, sa mère, Nina, l'obligeait à apprendre de longues listes de mots français. Parfois, il suffisait d'un son parfait, de quelques syllabes énigmatiques et prometteuses, pour que tous deux se mettent à pleurer. D'ailleurs, elle ne l'avait pas appelé Romain, mais Roman. Et c'est lui qui avait rajouté la lettre qui aurait pu l'excuser s'il n'était pas devenu écrivain.

À l'époque, Gary passait aussi pour un personnage que l'on a détroussé sur le chemin de la renommée. Malraux, l'aîné insatiable, lui a pris le gaullisme et l'épopée. Saint-Exupéry s'est réservé la mort en avion. Morand, son rival de l'Orient- Express, lui a subtilisé tous les prestiges d'une tradition cosmopolite à laquelle il aurait pu, sans conteste, mieux prétendre. Kessel, auquel il ne succédera pas à l'Académie, règne de droit sur les tempéraments russes de Paris. Et Hemingway, le maître véritable, ce reflet de lui-même qu'il hait en proportion, l'a surclassé dans les registres de la force, de l'aplomb, de l'arrogance. Or, l'univers des écrivains dispose d'un nombre fini d'emblèmes et de styles. Impossible d'y espérer une performance quand d'autres, dont l'avidité et le génie furent si prompts, se sont déjà servis.

Et puis, Gary avait raté quelques rendez-vous qui ne pardonnent pas : à la Libération, il refuse de fréquenter les écrivains influents — sauf Camus, le seul qui fut aussi pauvre que lui — qui discutaient dans les cafés tandis que l'on déportait des gens de sa sorte. Dix ans plus tard, il se retrouve, contre son gré, dans le camp d'une politique coloniale qui lui déplaît, mais qu'il défend en tant que diplomate. Encore quelques saisons, et il a le tort mondain de s'en prendre, en même temps, à la littérature engagée et au nouveau roman. Chaque fois, sa vocation de rebelle se retourne en une réputation de conservateur. Malentendus. Solitude. Ennemis. Son désir de postérité était mal parti.

Le plus souvent, à l'heure des confidences, Romain Gary n'avait pas une haute idée de tout ce qu'il avait accompli. Son talent ? Il n'y croyait jamais avant d'avoir bu quelques verres. Les héros de sa tribu ? Il les savait trop exotiques, trop ouverts à tous les vents, trop bizarres, pour accueillir cette francité qui, de tous les privilèges, lui paraît le plus désirable. Ses romans ? Des fables grouillantes et humanistes, sans plus, à peine dignes d'un montreur d'ours assez roué pour attendrir, assez habile pour suggérer des climats aventureux, mais d'une étoffe peu en vogue et navrante à son goût. Il avait cru, pourtant, dès son premier livre, que la vie lui offrait une place parmi les plus grands. Sartre avait accordé son onction. Les jeunes gens lui trouvaient encore un charme moderne. Il n'y avait plus qu'à avancer dans la carrière, qu'à s'y prévaloir en champion, avant de saisir à pleines mains la crinière des dieux — Tolstoï, Tchekhov, Tourgueniev — pour rejoindre sans tarder le paradis des écrivains. Mais Gary, de son propre aveu, n'a pas su retenir la grâce et la gloire qui l'effleurent. Ce fut comme de l'eau entre ses doigts. Un élan suivi par des désarrois, par des compromis, par l'inlassable langueur qui le persuade, surtout vers le soir, que nul ne guérit d'un paradis entrevu.

Russe, un peu tsigane, il voulut tellement devenir un écrivain français qu'il publia trente-deux romans. Il lui fallait rembourser la France avec des livres. Des livres désordonnés, tout en répétitions, à peine relus, mais en grand nombre. À Lesley Blanch, sa première épouse, il disait souvent qu'un écrivain n'existe que par la quantité. Il devait, à tout prix, « remplir des étagères » et écrire, chaque jour, comme un forcené. Romain Gary n'est pas sûr d'y arriver tout seul ? Alors, il s'aidera de plusieurs identités.

Il essaie donc ses premiers déguisements. Un habit de consul, orné du ruban vert et noir de sa croix de Lorraine, qu'il enfile dans les circonstances officielles. Deux pseudonymes — Shatan Bogat et Fosco Sinibaldi — pour s'entraîner à l'art de disparaître. Une morale lyrique qu'il brandit, dans son *Pour Sganarelle*, à la face des progressistes du nouveau roman. Un désir d'ambassade qui, du moins le croit-il, lui offrira un statut incontestable d'écrivain-diplomate. Une vareuse d'aviateur, enfin, blason de sa jeunesse enfuie, qu'il finira par jeter, avec quelques décorations, dans le cercueil de sa mère. De ces déguisements, des détresses feutrées qu'ils expriment, chacun ne perçoit alors que l'aspect tapageur et voyant. On plaint l'artiste usé. On l'évite. On le croit hors d'haleine tandis qu'il prépare, dans la solitude, son ultime facétie.

Ce 2 décembre était, je m'en souviens, une journée vide et brève. De celles dont on se demande pourquoi elles encombrent l'existence tant il ne s'y passe rien. Ciel bas et pluvieux, saison d'entre-deux-mondes, fin d'une décennie médiocre. Ce jour-là, un mardi, Romain Gary déjeune avec son éditeur dans un restaurant où il a ses habitudes depuis peu, où on le rencontre certains soirs, théâtral, plutôt grotesque, drapé dans le macfarlane qui lui fait une allure de cerf-volant nocturne. D'après quelques témoins, il parle haut et fort. Il s'emporte contre les critiques qui ont malmené son dernier livre, contre le fisc qui le persécute, contre un gaullisme d'enrichis avec lequel il ne cesse de rompre, contre Lesley dont il a appris qu'elle portait l'alliance de leur mariage en boucle d'oreille. C'est le Gary des moments sombres. Vaniteux, hirsute, querelleur. Celui qui veut en découdre avec des adversaires qui l'ignorent. Une sorte de vieux fauve qui convoque en vain ses rugissements. Ce jour-là, pourtant, personne, ou presque, ne se doute qu'il est devenu l'acteur clandestin d'un drame, d'une plaisanterie, qui n'ont guère de précédent. Et personne ne peut supposer que cet écrivain exténué, dont l'inspiration ne convainc plus, ruse depuis quatre années avec sa mémoire, avec sa voix, avec ses mensonges, afin de confondre drôlement tous ceux qui l'ont méprisé. Aurais-je pu moi-même, la veille encore, prendre au sérieux ce conquistador à la dérive ? Le deviner assez pervers, ou énergique, pour tenter, à la faveur d'une improbable renaissance, de se réconcilier avec lui-même en s'augmentant d'un autre ? Ce jour-là, Romain Gary se dit peut-être qu'il est temps d'en finir avec les mystifications fiévreuses qui l'ont diverti, mais dont les effets l'entraînent vers la nuit. En lui, désormais, il y a une vie de trop — et reste à savoir laquelle : celle du vieux beau qui ricane en coulisse, qui se prend pour le Prospero d'une tempête parisienne, et dont l'époque a déjà pris congé ? Ou celle de l'autre, le jeune à la tête brûlée, ce *pseudo* qu'il a inventé par jeu, qu'il a animé de ses mots et de son délire, mais que les gens d'esprit lui opposent maintenant comme un reflet plus neuf, plus intelligent ?

Il est vrai que Gary se sentait trop surveillé — par les listes de mots qu'il apprenait avec sa mère ? Par son statut revendiqué d'écrivain français ? — pour s'autoriser à inventer la langue cosmopolite et libre qui va devenir le style d'Ajar. Il lui fallait un peu de tenue tant qu'il écrivait sous son nom. Il lui fallait brider tous ces surgissements de yiddish, de russe, de polonais, qui faisaient la musique intérieure de son âme tsigane. Avec Ajar, il peut enfin se laisser aller et divaguer entre Vilno, Odessa et Alger. Pour la première fois, il ne s'interdit plus de salir un peu les mots qui, dans ses livres précédents, se voulaient d'autant mieux choisis, polis, qu'il en avait fait sa panoplie et son passeport de vrai Français.

Au départ, ce ne fut pourtant, sur le thème du double, qu'une variation classique qui, depuis Stendhal ou Mérimée, appartient aux vertiges répertoriés de la littérature : un écrivain, mal-aimé et lassé de n'être que lui-même, avance masqué, s'esquive derrière une identité d'emprunt, explore des bestiaires ou des sentiments interdits à son premier état civil, et si chacun n'y voit que du feu — tel est, en russe, le sens de *Gary*, tandis qu'*Ajar* y désigne la braise — il s'installe pour un temps dans de flatteuses impostures. L'affaire va trop loin ? Quelques limiers ont flairé la bonne piste ? L'enquête se précise et menace ? Alors, le faussaire, qui a ruminé sa confession, se précipite dans la lumière, surjoue ses aveux, rassemble une fois encore les photographes et les jolies journalistes, gesticule en modeste devant une jungle de micros, rafle au passage le surcroît de volupté dont il fait aussitôt sa jouvence. C'est ainsi, pour l'usage, que l'on s'acquitte d'un anonymat provisoire — mais Romain Gary, tout à sa folie, n'y songe même plus. Capturé par une image, dupe de son propre leurre, il s'égare à mesure que son double obtient triomphes et lauriers. Il devient jaloux de lui-même. C'est le masque qui s'abrite derrière un visage. C'est l'ombre qui subjugue les mouvements qui l'ont engendrée. Un écrivain, dépassé par sa volonté de renaître, consent à se faire plus fictif que ses créatures et, de jeu en fatalité, il s'ensevelit doucement dans les sables mouvants d'un imaginaire où il croyait circuler à sa guise. À quoi bon, dès lors, surgir au dernier acte pour surprendre son publie en une apothéose de magazine ? Pour se priver d'un malentendu qui, à défaut du génie qu'il n'a pas, lui fournira au moins, comme un viatique, cette part durable de singularité ?

Parfois, je me dis que quelques phrases, quelques bons regards, auraient suffi à l'apaiser et à le relancer vers la vie. À le persuader, peut-être, qu'il est encore plus grand que sa ruse, que sa comédie magnifique n'abuse pas ceux qui l'ont vraiment lu — mais voudrait-il seulement m'entendre ? Je l'avais croisé assez souvent dans les semaines précédentes. Je le sentais taciturne. Un jour, rue du Bac, j'ai même changé de trottoir en l'apercevant. Ça lui aurait fait plaisir, pourtant, que je lui signale, en passant, que tout Ajar était déjà dans *Tulipe*. Que les mêmes tournures, les mêmes obsessions, trament *Le Grand Vestiaire* et

La Vie devant soi. Que les mêmes humains, fantasques et prophétiques, circulent à l'aise d'une rive à l'autre de sa création. Mais, depuis qu'il a verrouillé son intrigue en attribuant un destin et des humeurs à son pseudonyme, depuis qu'il s'est peint tel qu'on l'a figé — danseur de tango, tonton macoute, baroudeur impuissant, paon déplumé — il n'aspire plus qu'à visiter un versant inédit de sa vie. À cet instant-là, Romain Gary se réserve sans doute pour des jubilations posthumes.

Je sais aussi qu'il n'aurait pas refusé des plaisirs moins tardifs. Une admirable vieillesse, pourquoi pas, très onctueuse, avec tous les égards requis, avec des imitateurs empressés dont l'insolence l'eût rajeuni, avec une mythologie toute frémissante autour de son passé. Quelques années plus tôt, en pleine farce Ajar, et alors qu'il se sent l'âme d'un pitre, Romain Gary assiste aux funérailles de Malraux. Là, dans la grande cour du Louvre, sous le regard de la Déesse Chat, tout ce dont il rêve : l'hommage d'une nation émue, des hiérarques pétrifiés par la perfection d'une existence qui ne se discute pas, l'imminence d'un panthéon cossu. Pourquoi Malraux avait-il toujours su, mieux que lui, s'ajuster à la grandeur ? Par quelle divine faveur jouait-il de la gloire en virtuose quand Gary n'était qu'un amateur ? Il fit pourtant ce que l'on attend des plus braves afin de s'agréger à cette France imaginée, d'aucun lieu et abstraite, que le premier gaullisme incarna à ses yeux. De façon singulière, il croyait même que cette France-là, antibarrésienne, fondée sur le seul *droit du sang versé,* n'était que l'autre nom de la littérature qu'il voulait servir. Il écrivit donc ses histoires héroïques comme il bombardait, de nuit, des usines nazies. Il s'était incorporé cette part de noblesse et de hauts sentiments qui, en fin de compte, sert mieux la République que les romans. Je me demande aussi ce qu'il serait advenu de cette ferveur s'il avait découvert sa France à travers Laclos et Montaigne plutôt que dans ses livres d'enfant.

Pour le reste, il s'arrangea toujours pour ne pas être à la hauteur de son idéal. Quand de Gaulle rencontra Gary pour la première fois, pendant la guerre, celui-ci s'était déguisé en femme, et dansait le french-cancan sur la scène d'un théâtre de garnison.

C'est pour accéder à cette grandeur qui l'évite, ou l'ignore, que Romain Gary voulut sans cesse changer de nom. Enfant, toujours avec Nina, il inventait les patronymes qu'il lui aurait fallu habiter et dont les nobles inflexions annonçaient des parcours splendides. Qu'aurait donc été sa vie s'il ne s'était pas appelé Kacew — ce nom d'un père, horloger à Koursk, dont le seul souvenir l'épouvante — mais, comme il le désire alors, Alexandre Natal, Roland de Chanteclerc, Terral, Gémeau de Collonges, Vasco de La Fernaye, Romain Corotès, Roland Campéador ? Là encore, la haine de son nom décide d'une bâtardise qui le constitue et des livres qui s'ensuivront. Avec la complicité de sa mère, adorante et radieuse, il s'improvisera fils d'un autre — de cet Ivan Mosjoukine, acteur shakespearien, dont les sourcils et le front d'Asiate ressemblent aux siens — afin de s'attribuer une généalogie plus conforme à ses songes. Et son gaullisme ne fut, d'abord, que l'attrait d'un nom. Ce fut le mirage d'une harmonie susceptible de lui offrir l'universalité dont il estime que son judaïsme le prive. Gary, ce nom qu'il choisit au retour d'une mission dangereuse au-dessus de l'Allemagne, sera donc une forme de son espérance, un sortilège assez puissant pour lui permettre, un jour, de figurer dans les dictionnaires entre Garibaldi et de Gaulle. Né de sa seule rêverie, incrusté dans le marbre de son choix, Romain Gary voulait accéder à cette patrie virtuelle qui, dans son esprit, se confond avec les territoires de l'imaginaire. Il est clair, dès lors, que le surgissement d'Ajar, en le rejudaïsant à son insu, l'a déconcerté. Comme si nul ne pouvait renaître selon sa fantaisie. Comme si la mémoire et l'origine gouvernaient nos vies plus fermement qu'on ne l'aurait cru. C'est bien à cela, sans doute, que songe l'homme meurtri et échoué qui, ce mardi, s'éloigne sous la pluie.

D'ailleurs, il avait choisi ses femmes comme il rêvait à ses noms. Il les voulait différentes de lui, et aussi enracinées qu'il se sentait errant. Lesley Blanch est blonde, britannique, bourgeoise. Et Jean Seberg est pure, protestante, presque nordique.

J'ai tenu entre mes mains l'exemplaire de *Gros Câlin* qu'Ajar adressa à Malraux. Dans la dédicace, recopiée par son pseudo, une seule phrase : « Roman pas mort. » Roman ? Romain ?

Désormais, tout s'achève. Testament, manuscrits, lettres d'adieu. Romain Gary, qui ne fume plus depuis trois mois, allume un montecristo, comme autrefois, quand il se montrait au Palm Beach avec Darryl Zanuck et Cyd Charisse. La pluie lui semble douce, il refuse qu'on le raccompagne. Il se suicidera en fin de journée avec le browning qui ne le quittait pas depuis qu'il se croyait menacé par les services secrets américains.

En chemin, ce jour-là, Romain Gary avait acheté une robe de chambre rouge. Quand on veut ménager ceux que l'on aime, et qui vont découvrir votre cadavre, mieux vaut porter un vêtement sur lequel le sang se remarque moins. Jusqu'au bout, Romain Gary se soucia de la mise en scène. N'est-ce pas ainsi, après tout, que les plus désespérés tentent de prouver que, du point de vue de l'immortalité, on peut encore sculpter sa vie quand on n'a plus d'illusion sur son œuvre ?

V

L'âme de Benjamin Constant

C'est un individu vaporeux qui guette le bonheur en gémissant. Il a le vague désir de se diffamer sans risque et de séduire en s'accablant. De surgir, puis de se dissimuler, derrière des confessions truquées ou insignifiantes. Vif, irrésolu, il attendrit autant qu'il déçoit. On le tient, et il s'esquive, dévoré par une insuffisance dont il a fait son charme et son séjour. On le devine roué et innocent. C'est un sceptique qui veut aimer, mais qui se l'interdit par lucidité, et qui reste, en tout, son plus sévère témoin. Jeté dans la moindre intrigue, il s'échauffe et argumente, avant de déserter un champ de bataille où il avait pourtant assez d'armes pour l'emporter. Il ne supporte pas qu'on le quitte mais ses désirs, qui bougent sans cesse, l'éloignent de ceux dont il a besoin, et dont la fidélité le lasse. De lui-même, il avoue : « Je veux, et ne veux pas, ensemble. » Il est si curieusement fait que les plaisirs, à son contact, deviennent autant de souffrances. Et certains êtres, toujours, en apprendront beaucoup sur eux-mêmes en l'observant.

Sur chacun de ses portraits, Benjamin Constant semble donc se résigner à un statut de créature en suspens. Il est à Carlsbad, à Coppet, parmi les libertins du Palais-Royal, il s'exerce à la pugnacité et à l'insolence, mais une pâle et longue figure dément ses intentions. Un duel s'annonce ? On lui demande de défendre la liberté ? Madame de Staël le prie d'être génial ? Il va s'en acquitter, sans y croire, et comme l'on consentirait à un rôle improvisé. C'est, dit-on, un grand tribun. Des femmes le protègent, des hommes importants le considèrent avec bienveillance. Auprès de chacun, il se flatte de n'être jamais lui-même, tout en jouant de cette infime sincérité qui, en société, permet d'augmenter son gain. La politique ? L'émotion ? Il est, sur ces sujets, sans convictions et il s'étonne de ceux qui, ici ou là, peuvent s'en forger de si nombreuses. Parfois, dans une conversation ou un amour, il croit rencontrer enfin son opinion, et il la suit à tout hasard, le cœur battant, avant de s'en revenir déçu. Qu'a-t-il entrevu ? Qu'a-t-il ressenti ? Il se tait. Ses mensonges lui ont déjà procuré des avantages dont sa seule nature l'eût inutilement privé. Quand il s'emporte, quand il exhibe son âme, il est charmant, indécent, on voudrait lui offrir toutes les passions qu'il exige et dont il ne ferait aucun usage. Puis, aussitôt, le voici qui s'ennuie, qui semble s'être trompé de vie. Il se compare à Chateaubriand, il déplore son apparence, son allure voûtée, ses cheveux roux, son corps gracieux mais sans prestance. Sur chacun de ses portraits, Benjamin Constant a un visage d'ange mûr et désœuvré.

Ce Benjamin, semble-t-il, était né vieux. Constant ? Cela surprend chez un individu dont la palinodie résume le tempérament. S'avisa-t-il lui-même de cette incohérence ? Voulut-il honorer ce patronyme comme la première de ses contradictions ? Les vrais écrivains et les héros de roman s'insurgent, par principe, contre l'identité dont ils héritent. Constant fit mieux : il choisit, dès sa jeunesse, et par la bizarrerie de son caractère, de déserter son nom.

Pour ce huguenot, l'examen de conscience est une pieuse volupté, un devoir, une sorte de saignée. Chaque jour, il se penche ainsi sur lui-même, il s'adore avec dépit, il guette son salut sans être assuré d'y avoir droit. Sa vie ? Rien qu'il n'eût évité s'il avait eu le choix : un père ombrageux et veuf, une enfance sévère, les premiers succès, la passion du jeu, des dettes énormes, une maîtresse âgée, puis une autre, illustre celle-là, la femme la plus intelligente d'Europe, cette Madame de Staël, cette « Éthiopienne », dont la laideur le soumet et l'entraîne, par son raccourci, vers la gloire. Est-ce bien de cela, après tout, qu'il rêvait ? Quand il est seul, Benjamin étudie l'histoire des religions, tant il ne se lasse pas d'observer, chez les hommes, les méfaits de l'espérance. Mais dès qu'il se retrouve en compagnie, c'est l'amoureux et le vaniteux qui imposent, en lui, leur préséance. Une tribune ? Il s'y juche, et on l'applaudit. De là, il s'indigne, il moralise, il fustige les despotes, et cela suffit pour que l'auteur d'*Adolphe* usurpe, comme dans son roman, des faveurs qu'il ne mérite pas, mais qui lui valent provisoirement les prestiges d'un Lycurgue, la sagesse d'un Solon. Est-il alors girondin, muscadin, libéral, monarchiste ? En vérité, le temps lui manque pour s'attarder dans un seul camp. Il publie donc des livres fulgurants, mais de circonstance, et il se faufile jusqu'à Brumaire, puis il s'exile, puis il revient, sans oublier de trahir tous ceux qu'il sert avec application. Au fond, personne ne lui en veut. Comme si, de l'Empereur au Parti de la Révolution, de Bernadotte à Murat ou aux Bourbons, chacun savait que son inconséquence effacerait, fût-ce à contretemps, la plupart de ses lâchetés. Entre deux mondes, entre deux tumultes, de l'infamie au courage, Benjamin n'a même pas vu sa vie passer. Il a tout possédé, et tout lui a échappé. Il a souffert de ne pas inspirer l'estime et la confiance. Vers la fin, il ne croit toujours à rien, mais il achève sa théorie des religions. On le sent furieux, il se déchire et se persécute avec cruauté. Parfois, il s'en veut de n'avoir rien obtenu de ce qu'il espérait. Ni la dignité à laquelle il a sacrifié son plaisir. Ni le plaisir auquel il a sacrifié sa dignité.

Très vite, la liberté devient sa grande affaire. Une passion ? Rien n'est moins sûr. À peine une partition, un rôle disponible, une bonne carte à jouer, peut-être un instrument. Il s'y essaie d'abord en timide, mais le publie se pâme, les peuples se soulèvent, ils réclament les émotions qu'il tient, pour sa part, à leur disposition. Alors, puisque l'époque l'exige, puisque la politique est romanesque, Constant devient l'esclave de son rôle, il empoigne son instrument, et il décide d'occuper la scène. Il convoque les Anciens et les Modernes, la jurisprudence, la philosophie, les Romains, les Égyptiens, et même les Sumériens. Il est fanatique et désinvolte. Il se persuade de la qualité de son idéal par un dosage obscur d'exaltation et de calcul, de scepticisme et de générosité. Pourtant, au plus fort de son emportement, quelque chose le retient au bord de la crédulité. Serait-ce parce que le libéral, en lui, ne s'est approché du pouvoir, politique ou amoureux, qu'à la faveur des coups de force ? Ou parce que, chaque fois — sous le Directoire, à Coppet, pendant les Cent-Jours — c'est à la main d'un tyran qu'il a dû ses privilèges et son rang ? De fait,

Constant eut ceci de singulier qu'il défendit toujours la liberté par devoir, par opportunité, mais sans jamais faillir à son pessimisme. Cette liberté, il la désire, mais il n'y croit guère. Il l'appelle autant qu'il la redoute. Et si elle advient — une nation s'affranchit, une encombrante maîtresse s'éloigne enfin — il s'y résigne comme à une souffrance. Ainsi, Constant ne se libérera de Madame de Charrière que pour se soumettre à Madame de Staël, et ce fut avec le même soulagement, qu'après la fuite des Bourbons, il se soumet aux chaînes de Madame Récamier et à celles de Napoléon. Cette liberté, il ne l'aime bien que s'il en est privé, et il s'en effraie si elle lui est offerte — et c'est ce que Constant, théoricien de lui-même, raconte dans *Adolphe* plus encore que dans ses savants traités. Au début, son héros souffre de n'être asservi par aucun lien et, pour conquérir Ellénore, il s'entrave à dessein. Mais il suffoque aussitôt, car la liberté lui manque comme l'air, et quand il respire à nouveau, il ne reconnaît pas le goût du bonheur espéré. Les hommes, depuis la Chute, désirent ainsi ce dont ils ne pourront se contenter. Le malentendu et la déception viennent alors de ce que, des révolutions aux sentiments, chacun aspire à une liberté dont il perd l'usage en l'obtenant.

D'après Sainte-Beuve, on « glaçait à son approche ». Joubert le voit comme « un archet grinçant sur son violon ». Joseph de Maistre le traite de « polisson », et Lamartine souligne ce « je ne sais quoi de profondément faux qui semble habiter ce jeune homme ». Quant à Chateaubriand, qui lui a tout pris, qui le hait, c'est par vanité qu'il ménage ce rival dont il triomphe et auquel il prête, de plus, la courtoisie de l'imiter. À cela s'ajoute le mépris littéraire que les romantiques réservent à Constant. Et la colère morale de Barbey d'Aurevilly qui ne supporte pas « cet individu que l'ennui tient par la nuque ». Et la suspicion des Doctrinaires, des progressistes, des monarchistes. Face à ces bataillons, les complices de Benjamin ne forment qu'une troupe disparate : Stendhal et Vivant Denon, Proust, quelques adolescents, parfois Morand, Drieu La Rochelle, et même le Barrès d'*Un homme libre*, qui surprend à cette occasion. D'une manière générale, ceux qui détestent Constant ont, dans leur bagage, d'étranges convictions : ils croient, par exemple, qu'il existe une évidence accessible des sentiments ; que deux êtres peuvent s'aimer sans mentir ; qu'il est facile, pour chaque homme, de se réconcilier avec lui-même ; que le désir n'est pas une illusion. L'harmonie ou la discorde ? La transparence ou l'opacité ? La communion ou la solitude ? L'amour ou la séduction ? Il y a là, depuis toujours, deux tribus ennemies. Deux états de l'âme entre lesquels je ne vois pas de compromis.

Mars 1815. Pour impressionner Juliette Récamier « dont le règne a commencé », Constant décide, alors que rien ne l'y oblige, de sauter sur la branche des Bourbons. Napoléon vient de débarquer à Golfe-Juan, Louis XVIII s'enfuit déjà sur la route de Gand, mais, amoureux et inconscient, Benjamin s'en moque. Ce qu'il veut d'abord, fût-ce par l'apostat, c'est conquérir l'égérie des royalistes. Il veut risquer sa vie afin de lui plaire, « l'éclairer en se consumant », et puisqu'il y faut un acte retentissant, il publie, dans *Le Journal des débats*, un article où, sous le regard alangui de Juliette, il croise sa plume contre l'épée la plus terrible des temps modernes. Enhardi par son style, égaré en lui-même, sacrifiant l'analyse politique à la passion amoureuse, il fait alors de l'Empereur un Attila, un Gengis Khān, il fustige le retour de ses Mamelouks, il dénonce le « lâche coquin », l'usurpateur, le conquérant, puis il en arrive à sa fameuse péroraison : « Je n'irai pas, misérable transfuge, me traîner d'un pouvoir à l'autre, couvrir l'infamie par le sophisme, et balbutier des mots profanés pour racheter une vie honteuse. » De tous côtés, on pense que Benjamin a perdu la raison. On le plaint tandis qu'il se console : quelle femme, se dit-il, résisterait au charme de sa folie ?

Or, l'Empereur arrive à Paris, et Constant se voit déjà en fugitif, en proscrit. Sera-t-il fusillé ?

Il s'y prépare, il pleure, ses larmes se mêlent à l'encre de son testament. Mais, contre toute attente, Attila le convoque et, n'ignorant rien de la vanité de l'individu qui l'a défié, il lui propose, par ruse ou mépris, de devenir son conseiller. La gloire, se dit Constant, serait-elle enfin à ma portée ? Le despote serait-il devenu un ami de la liberté ? De plus, Benjamin s'avise que Juliette promet beaucoup tout en ne donnant rien, et il se persuade soudain que l'amour qu'elle lui inspire sera sa seule faveur. Il se lasse alors de l'imaginer sur ce divan où David l'a figée, et dont elle a fait sa chaire d'abstinence. En quelques jours, la créature alanguie va s'estomper. Le « lâche coquin » va se métamorphoser en « homme étonnant ». Le goût du pouvoir va remplacer celui du sentiment. C'est ainsi que Constant, en une nuit, parti pour écrire une lettre d'amour, rédige la nouvelle Constitution, cette *Benjamine* dont l'Empereur lui a passé commande. Benjamin s'est-il trompé d'esclavage ? A-t-il choisi le mauvais despote ? Aurait-il dû, pendant les Cent-Jours, préférer l'amour à la trahison ?

Lycurgue ? Solon ? On peut sourire de cette réputation attachée à un homme qui, de son propre aveu, ne sut jamais se gouverner. Il est vrai que, pour l'essentiel, Constant souffre d'une maladie de la volonté, dont il voudrait guérir, et que son œuvre de philosophe va ennoblir, puis déplacer vers une théorie intimiste des sociétés. De ses conflits intérieurs, de ses atermoiements, il tire alors des principes à l'usage des nations, et il faut bien comprendre qu'à ce jeu, l'histoire, la politique et la morale, ne lui servent que de truchements. Tourmenté, il rêve de lois sereines ; capricieux, impulsif, il espère des chartes infaillibles ; écartelé entre son cœur, son intérêt et son jugement, il imagine que l'État saura aménager l'équilibre de ses pouvoirs. Certes, l'air du temps et l'esprit de Coppet l'incitent à argumenter. Mais qu'y a-t-il, sinon sa vie, derrière toute cette machinerie ? Au départ, il avance donc une idée simple, digne de Benjamin, selon laquelle les égarements d'une nation proviendraient de son aspiration illusoire à quelque souveraineté. Or, cette illusion semble requise par une époque qui, après avoir aboli l'ordre divin ou héréditaire, a convaincu les hommes de recouvrer un plein pouvoir sur eux-mêmes. D'où ce péril moderne : si la source du pouvoir, c'est désormais cette souveraineté, alors ce pouvoir risque par nature de devenir à la fois plus absolu et plus changeant que tout autre, et rien ne saurait le limiter. On peut récuser un lignage, combattre le despote qui s'autorise de sa seule légitimité, ou refuser de croire à une loi révélée. Mais comment se rebeller contre soi-même ? Et comment refuser de se soumettre à l'autorité qu'on incarne ? Pour Constant, le paradoxe est amer : un peuple, ou un individu, doit consentir à être moins souverain afin d'être plus libre. Cette théorie éclaire à ses yeux la dérive tyrannique des Jacobins. Elle éclaire aussi sa propre tragédie d'homme sans Dieu, sans père, et condamné aux yeux de tous à se représenter lui-même. Dans chacune de ses pensées, chacune de ses émotions, Constant exprime sa nostalgie d'une autorité qui lui serait extérieure, et dont la distance atténuerait l'emprise. Tout-puissant, désemparé, il savait, mieux que personne, que pour se gouverner soi-même, il importe de savoir qui l'on est.

Vers minuit au printemps, après un dîner avec Schlegel et quelques poètes allemands, Madame de Staël — qui impose sa livrée à chacun de ses amants — prie Benjamin de la rejoindre dans sa chambre. Ils sont en exil près de Weimar, ils ont bu un peu de vin, la conversation a été légère, on est charmé par la douceur et les parfums qui montent du Rhin. Benjamin voudrait lui ouvrir son cœur, s'abandonner, car il l'aime malgré tout cette austère maîtresse, mais celle-ci a le romantisme raisonneur et surchauffé. À la rêverie de Benjamin, elle oppose son génie, sa taille épaisse, et cet affreux turban dont elle s'est fait une couronne. Ce soir-là, elle refuse de s'attendrir, elle veut seulement philosopher. Qu'en est-il donc, demande-t-elle, de la perfectibilité de l'esprit humain ? Peut-on comparer la loi morale et le ciel étoilé ? Le droit des Klephtes et celui des Germains ? Des domestiques apportent des ouvrages latins, on les consulte dans la fièvre, on oppose Sismondi et Filangieri — c'est, faute de mieux, une débauche d'érudition et, après quelques heures, ils en sont aux théories de la révolution. Quand elle congédie Benjamin, Madame de Staël est une maîtresse comblée. Elle tient les pages d'un nouveau livre, mais elle n'a rien perçu de la mélancolie de son amant. Le vin ? L'amour ? Les parfums du Rhin ? Benjamin regrette qu'on ne lui demande jamais de jouer le rôle d'amoureux pour lequel il se sent de vrais dons. Pourquoi, ce soir-là, s'est-il cru obligé d'habiter sa seule intelligence ? Qui, en lui, a-t-on aimé ? Derrière quel visage de lui-même veut-il se réfugier ? Incertain, il attend l'aube dans le parc où s'attardent encore quelques convives.

Lorsque Constant rédigea son grand ouvrage sur les religions, il se promit de démontrer que l'homme gagnerait à s'épargner le souci de Dieu, et que la foi était un obstacle à la liberté. Pendant trente années, ce velléitaire s'obstine donc ; il traverse l'Europe et ses bibliothèques ; il accumule bientôt à l'appui de sa thèse « trois ou quatre mille faits », qu'il dispose, dans son esprit, en phalanges serrées. Chaque jour, il livre bataille aux chrétiens, aux quiétistes, aux déistes, il croit remporter de belles victoires contre Zoroastre, Moïse,

Luther et Mahomet. Il récuse les Églises, les dogmes, les rites, les hérésies. Pourtant, à mesure qu'il démontre, il se laisse envahir par un trouble : craint-il, soudain, de se perdre dans le néant ? A-t-il si peur de se prouver qu'il a raison ? Au Duc de Broglie qui l'interroge, il confie, alors que l'ouvrage est presque achevé, que toute sa réflexion « pourrait faire volte-face à son commandement ». Ainsi, Constant finira sa course de voltairien entre le mysticisme et la contemplation. On lui doit même, dans ses ultimes raisonnements, un éloge de la prière, des fétiches et de la superstition.

Benjamin Constant ne connut jamais sa mère. « Fils d'une morte », comme il l'écrit dans son *Journal*, il voua donc aux femmes un attachement naturel et infini. Il ne pensait qu'afin de leur plaire, il se désennuyait de lui à travers elles, et c'est sur leurs lèvres qu'il trouva la plupart de ses opinions. Il s'efforça même de paraître si scrupuleusement amoureux qu'il le devint souvent et rien, alors, ne le divertissait davantage que de ressentir un peu de l'émotion dont il s'était servi par séduction. « Il y a peu de femmes, *écrit-il*, qui soient insensibles à ma façon d'être absorbé et dominé par elles. » En devenant l'esclave d'une chimère — qui aurait la tendresse de Madame de Charrière et la beauté de Juliette, la douceur de Julie Talma et l'esprit de Madame de Staël — il apprit que, dans l'ordre des sentiments, le pouvoir passe aussi par l'oubli de soi. Que l'on peut tout y obtenir par la soumission.

Sa passion du jeu ? Ce fut, de toutes, la plus violente, la plus déraisonnable. Dans les tripots, dans les salons, il se ruine à la quinzaine, au pharaon, à la roulette. Sous l'œil de Goethe, à Weimar, il perd en une nuit la fortune qui lui aurait pourtant permis d'échapper à Madame de Staël. À Gottingue, encore étudiant, il joue son héritage. Et, chaque soir, sous la Restauration, on le voit abandonner aux croupiers de Frascati tout l'or pour lequel il a vendu son honneur aux Bourbons. Dans la France des Cent-Jours qui est devenue un immense casino, il rêve de tirer une bonne carte, de faire sauter la banque : Bernadotte ou Murat ? Tallien, Louis XVIII ou Attila ? Émotions fortes et rapides. Le jeu, c'est la passion du destin que l'on interroge en s'y livrant. Et si les émotions se font attendre, il les provoque en attirant les femmes qu'il n'aime pas encore, en espérant des gains qu'il méprise par avance. Et toujours, il veut gagner, ou seulement risquer, quelque chose : Ellénore, Juliette, le Tribunat, un ministère. S'en remettre au hasard pour décider. Jouer pour éviter de choisir. Pour que les choses adviennent sans qu'il faille y engager sa volonté.

Dans les cités antiques, telles que Constant les imagine, l'humanité pouvait s'abuser à loisir et nourrir sur toutes choses des convictions entières. La croyance y était naturelle, l'âme y avait conservé son innocence, aucun élan n'y était retenu par quelque arrière-pensée née de l'expérience. Mais Constant observe également que si les Anciens avaient la ressource de leurs illusions, les Modernes, eux, se sont asséchés dans la passion de s'observer. On trouve alors, au plus profond de sa réflexion, la certitude selon laquelle le bonheur et l'action appartiennent au passé, tandis que le désenchantement sera la loi des temps nouveaux. L'humanité a vieilli, il le vérifie sur sa personne. Il sait que la fraîcheur des origines s'est éloignée, que l'esprit d'analyse y a fatalement défait « l'enthousiasme qui donne la force et l'espoir qui assure le succès ». J'aime sa nostalgie quand il évoque cette jeunesse du monde. Et son dépit quand il en accueille la maturité.

Pourtant, avec la Révolution, Constant sent bien que l'humanité a encore envie de se tromper. De réinventer son innocence, sa jeunesse enfuie, ses divinités de circonstance. Il voit les hommes de la Convention, gonflés de mots nouveaux, mais dépourvus de la candeur ancienne qui leur eût donné un sens. Rousseauistes ou conservateurs, ils veulent croire à la Vertu, à la Nation, à l'Être Suprême, à la Tradition. Mais, déjà, ils se regardent croyant, de telle sorte qu'ils ne tardent pas à affaiblir leurs convictions. La politique, dès lors, n'est plus à ses yeux qu'un agencement subtil d'impulsions, qu'une arène de crédulités brèves, et Constant a le mérite d'en avoir pris acte quand d'aucuns feignaient de l'ignorer. En d'autres termes, il veut que la politique accueille désormais « l'inévitable insincérité » des passions modernes. Qu'elle s'ouvre à un homme divisé, contrarié, et souvent « aussi différent de lui-même que des autres ». Il veut que le pouvoir ménage l'ambiguïté en son sein, qu'il reflète la contradiction, l'hésitation, qu'il ne s'attache plus à l'expression d'une impossible *volonté générale*, mais à celle d'un doute radical et partagé. Le gouvernement représentatif sera, dans sa théorie, ce qui incarne au plus près le scepticisme dans les institutions. Aucune transparence de l'opinion. Aucune illusion d'immédiateté. Qu'il prononce un discours, qu'il rédige l'Acte additionnel, qu'il écrive son *Journal* ou *Adolphe*, Constant répète ainsi la même chose : faire droit, en lui et dans la société, à la même perplexité.

Le 22 janvier 1804, après la mort de Julie Talma, Benjamin décide, dans un grand état d'abattement, de poursuivre, « en l'abrégeant », la rédaction de son *Journal*. Chaque sentiment, chaque geste, chaque projet, y portera désormais un numéro. Une vingtaine, guère plus, cela suffit pour résumer ses obsessions et la monotonie de son existence. Écrire, perdre, jurer de ne plus jouer, se fâcher, quitter Madame de Staël, hésiter, se réconcilier, supplier, ne plus écrire. Ses journées, ses pensées, ne sont plus que des séquences cryptées, sèches, sans style et sans décor. Il guette la foudre ? Des instants inédits ? Des désirs nouveaux ? Mais reviennent, inlassables, les mêmes chiffres. Répétition. Refus de toute littérature. Dérision. Dans ce *Journal* abrégé, pendant quelques années, Benjamin n'eut même plus l'énergie de donner au récit de sa vie les tournures d'un roman.

Un an avant sa mort, en 1829, il termine l'un de ses discours à la Chambre par ces mots énigmatiques : « Le monde me fatigue la tête et les yeux. »

Au début des Trois Glorieuses, près du Louvre, des jeunes gens reconnaissent Constant et le portent en triomphe. Émus, ils récitent à l'éminence libérale qu'il est devenu les phrases qu'il avait écrites autrefois, par tactique ou idéal, et dont le sens lui échappe désormais. Ces phrases avaient-elles donc de l'importance ? Se pourrait-il que des mots inspirés par des mobiles plus ou moins nobles poursuivent ainsi leur carrière et qu'un peu de justice, en fin de compte, leur soit due ? Aurait-il, sans le savoir, joué plus finement que Chateaubriand ? Il en doute, bien sûr, mais à ces jeunes gens exaltés il tient encore une fois le discours de la liberté. On l'acclame. La Nation lui réserve déjà des funérailles grandioses. À quoi bon gâcher, à cet instant, les débuts de son immortalité ?

Benjamin est un vieillard maintenant. Il fréquente le salon mystique de Madame de Krüdener où la conversation tourne, le plus souvent, autour de la pénitence et de l'au-delà. À la Chambre c'est le monarque de l'opposition, et ses discours y sont aussi fiévreux que ses anciennes lettres d'amour. Le conquérant qui, hier, trépignait devant la porte fermée de Madame Récamier enseigne les techniques de la liberté à une dynastie débutante. À la suite d'un accident au cours duquel Dupuytren faillit l'amputer, il porte des béquilles, et cette infirmité semble l'apaiser tant elle convient à son âge, à l'idée qu'il s'en fait. Les Doctrinaires de l'Académie lui ont préféré un inconnu. On le croit encore arrogant et fourbe, bien qu'il ne le soit plus. Il se lasse, il se ruine, il ressemble à Goethe. Dans son *Journal*, à chaque page, il note : « J'arriverai peut-être, et je mourrai sûrement. » Pour retrouver le goût de sa jeunesse, il s'efforce encore de paraître ambitieux. Il intrigue par habitude, il se laisse recruter par des cabales, il donne le change à tous ceux qui le lui demandent. Le plus étrange, c'est qu'il se trouve toujours quelqu'un pour croire à son manège. Il n'y a jamais de limite aux malentendus dont ceux qui nous entourent veulent se satisfaire.

Ce dernier visage de Benjamin m'émeut plus que tout autre. Il est ironique, abandonné par l'espérance et les songes. C'est le visage d'un homme qui s'achemine avec incertitude vers sa postérité. Que ne s'y est-il pris, comme tant d'autres, avec plus d'habileté ? Comme Chateaubriand, ce rival avisé, qui sut aménager de son vivant un mausolée dont nul n'ose maintenant le priver ? Mais Chateaubriand — qu'il valait par le talent et l'insincérité — lui a déjà dérobé la gloire, les poses éclatantes, le pouvoir et Madame Récamier. Il existe ainsi, par malchance, et toujours à proximité, des êtres dont on se distingue à peine, mais auxquels la vie concède une interminable supériorité.

Parfois, dans son *Journal*, il pense encore à Madame de Staël, cette femme qui lui inspira autant de passion que de haine. « De temps en temps, *écrit-il*, à d'assez longs intervalles, je rêve d'elle, et ces rêves mettent dans ma vie, pour quelques heures après que le rêve est venu, un mouvement inusité, comme quand nos soldats passaient auprès d'un grand feu, à Smolensk ou sur la Berezina. »

À Paris, aujourd'hui, une rue courte et sinistre porte son nom. Il m'est arrivé de m'y retrouver par hasard, et je me suis demandé qui avait eu l'idée d'exiler Benjamin Constant dans ce quartier qui ne lui ressemble guère, et où il n'avait jamais dû se rendre. C'est, d'après mon enquête, un obscur préfet qui, avec obstination, en avait décidé ainsi. Cet homme, qui m'intrigua soudain, avait eu deux épouses prénommées Germaine et Juliette. On raconte qu'il perdit un peu l'esprit sous l'Occupation. Qu'il offrit ses services à l'occupant avant de rejoindre les résistants. On perd sa trace, à la frontière suisse, un peu avant la Libération.

VI

Hemingway et le Paradis

C'était, je crois, le jour où l'on m'a servi, au Floridita de La Havane, cette boisson douce-amère qui portait son nom. Ou, plus tard, dans ce salon du Ritz, quand on mit aux enchères son passeport, quelques-uns de ses vêtements, et le sac de cuir qu'il portait en bandoulière sur le front de Teruel. Ou à Torcello, un jour de pluie, parmi ces vieux pêcheurs qui l'avaient connu et qui se souvenaient de lui. C'était peut-être — aussi ? — à Venise, quand un maître d'hôtel me montra cette lettre dans laquelle il affirmait que le Paradis, après tout, doit ressembler à une arène ou à la terrasse d'un café. Ou lorsqu'on m'offrit l'un des cent dix éclats d'obus qui avaient déchiré ses jambes pendant la Grande Guerre, et qu'il distribuait à ses fidèles comme des reliques de lui-même. En vérité, je ne sais plus où cela s'est vraiment passé. Et je ne sais même plus à quel instant précis, ni selon quelle succession de causes et d'effets, il m'est apparu, un jour, que de tous les destins disponibles en ce monde, aucun ne fut plus désirable que celui d'Ernest Hemingway. D'où m'était venue cette conviction ? Pourquoi avait-il fallu, ce jour-là, que je me sente si proche d'un être dont tout me séparait ? La vérité, c'est qu'Ernest Hemingway a surgi dans ma vie, puis s'y est imposé, sans que je m'y attende. Ce fut alors le début d'une amitié abstraite et capricieuse. De celles dont nul ne sait, après coup, pourquoi elles s'achèvent, ni comment elles sont nées.

Ce jour-là, je l'ai observé. J'ai admiré son allure de fauve blanchi parmi des paysages lumineux et tourmentés. J'ai aimé son visage, sa véhémence, ses décors, sa mélancolie. Je l'ai suivi à la trace. J'ai lu les biographies où l'on raconte tant de curieuses histoires à son sujet. On m'a fait des confidences. Je me suis habitué à ses mensonges, à sa vanité, à ses mauvaises manières, et tout ce qui flottait dans son sillage m'a enchanté. Comment s'y était-il donc pris pour faire un tel miracle de son existence ? Pour approcher le bonheur de si près ? Pour se tailler, en artiste, une si belle légende ? Pour tout réussir en ayant la certitude d'avoir échoué ? Hemingway devint alors un compagnon de chaque circonstance. Une sorte d'idéal que le hasard m'avait choisi et autour duquel il me fallut rôder. Ce fut aussi, je crois, ma façon de vérifier jusqu'où un écrivain peut se prendre au jeu de sa propre gloire. Jusqu'où il peut ruser, ou passer des compromis, quand il décide que sa vie sera, de toutes ses œuvres, la plus accomplie.

Il est vrai que tout, dans son existence, eut d'abord le goût du Paradis. Les premières amours, l'amitié, les voyages, les débuts de romans qu'il écrivait à Paris sur des nappes en papier. Autour de lui, l'air est vif, c'est le matin d'un monde à sa mesure. En ce temps, il règne comme un dieu paisible sur des jeunes gens névrosés qui ont fui l'Amérique et qui errent à travers l'Europe avec la langueur de monarques en exil. Torrents de printemps. Ivresses de tous genres. Ambiances. Génération perdue. Parfois, il donne des leçons de boxe à Ezra Pound ou prend le thé chez Gertrude Stein. Et parfois, on le rencontre aux courses, dans un palace avec Fitzgerald, ou au volant d'une Packard sur les routes d'Espagne. Rien ne presse, il avance à son rythme. Il est aux aguets. Il observe la lumière, les jockeys, les éditeurs, les noctambules, les femmes, les écrivains. Il veut seulement échauffer ses muscles et s'injecter une grande dose de plaisir ou d'émotion avant d'en faire, le jour venu, l'usage qui s'impose. La littérature, il la conçoit alors comme un ring où chacun doit défendre son titre. Ce n'est qu'une affaire de courage, se dit-il, et de lucidité, de souffle, d'art de l'esquive.

Pas question, bien sûr, de défier Shakespeare, l'intouchable champion. Ni Flaubert, ni Proust, ni Joyce, qui le surclassent dans l'ordre de la force pure ou de l'ambition. Mais, en attendant, pourquoi ne pas en envoyer quelques autres au tapis ? Mark Twain et Maupassant pour commencer. Puis Melville, Conrad, peut-être Tourgueniev. Et l'on verra, avec de l'entraînement, s'il est possible de tenir quelques rounds face à Stendhal ou à Tolstoï. Rien ne presse, il le sait. Sa gloire peut patienter. Autour de lui, l'air est vif. On y devine une profusion de grâces et d'espérances. L'avenir est neuf. Il va s'y engager avec un corps parfait et des poumons avides.

Mais, avant de monter sur son ring, Hemingway veut régler, en stratège, les détails du combat qui l'attend. Comment un écrivain doit-il porter ses premiers coups ? Selon quelles ruses ? Et dans quel style ? À cet instant, il n'a encore que de vagues intuitions. Il ne veut pas ressembler à Fitzgerald, qui a du charme, mais qui s'égare à force de confondre l'écriture et le gémissement. Il écarte, du même mouvement, les prosateurs trop abstraits, les mystiques, les *oies sacrées*, ou les ascètes, qui ont choisi de se sacrifier à des pages énigmatiques, et qui croient que le génie ne se conquiert qu'aux dépens de la vie. Ce qu'il exige, c'est une œuvre à son image, très physique, souveraine dans l'émotion, vouée au corps plus qu'à l'esprit et qui, pour advenir, exige un pacte farouche avec la moindre perception. Un soir, au Dôme, alors qu'il est heureux et boit du vin blanc en compagnie de Cocteau, il décide soudain qu'il écrira comme Cézanne peint. Sans adjectif, sans graisse dramatique. Avec des sonorités sèches et des climats précis. Cocteau approuve. Il adore ces Américains qui, en art, sont toujours favorables aux nouvelles religions. *Écrire comme Cézanne peint* ? Cela signifie que Hemingway choisira des couleurs vives, des phrases vraies, ouvertes à la nature, au frémissement. Qu'il accueillera, en lui, la lumière et l'évidence des choses, tout en laissant intact leur mystère. Qu'il concevra ses livres comme la pure extension de ce qu'il voit ou sent. Éloge du monde. Refus définitif des austères catéchismes. Cap sur la vitalité. Le lendemain, comme souvent, Hemingway partait pour Pampelune sans se douter que, de ce voyage, naîtrait son premier roman.

J'aurais beaucoup donné, à l'époque, pour être de cette fameuse équipée. Pour partager cette saison de fiestas et de nuits blanches. Il y a là, en seconds rôles, quelques noceurs élégants, de belles femmes, des mécènes, des excentriques. Il y a surtout Hemingway au bord de sa légende, et qui s'avise que sa littérature va infiniment se mêler à sa vie. Tout, à cet instant, lui semble bon à prendre. De la bagarre avec un touriste de l'Excelsior à la souplesse magnétique de Belmonte dans l'arène. De la forme éphémère d'un nuage au soupir cueilli sur les lèvres de l'épouse qu'il va quitter. Plus de déchets. Recyclage permanent de la réalité, des signes, des sensations. Pour la première fois, il découvre que les fragments épars de sa vie vont être cousus ensemble dans un livre lucidement achevé et d'un dessein sans faille. Le soleil se lève aussi. Il se lève avec le vent sauvage du succès. Déjà, les admirateurs s'empressent. On défaille sur son passage. On veut toucher le jeune dieu couvert de considération et de dollars. Rien ne doit être plus délectable que d'encaisser ainsi, et d'un seul coup, toute sa gloire.

Dans le même temps, tous comprennent que le regard d'un tel écrivain est, à lui seul, la promesse d'une métamorphose. Et tous, à son contact, se sentent capturés, puis transformés, par un chasseur de fictions. L'élégante et le noceur, le mécène et l'excentrique, perçoivent vite le profit qu'ils en tireront. Afin de figurer avec éclat dans une page ou un chapitre, et pour obtenir la meilleure part de cette éternité provisoire, les uns et les autres ajoutent alors de l'intensité à leurs attitudes, à leurs excès. C'est la contamination réciproque de l'écriture et de ce qui l'inspire. C'est, pour Hemingway et son entourage, la rivalité d'abord plaisante, bientôt fatale, entre le roman et la réalité.

Parfois, alors que rien ne m'y autorise, je suppose que Hemingway improvisa *Théorie de l'iceberg* en découvrant, chez Gertrude Stein, quelques esquisses de la montagne Sainte-Victoire. Voulait-il, toujours comme Cézanne, ne réserver son art qu'à la surface d'un monde dont l'essentiel s'obstinerait en deçà ? Cette théorie, la seule qu'il produisît jamais, ce fut surtout sa façon de dire qu'on ne saurait, en écrivant, visiter la pénombre des âmes. Les romans de Hemingway, comme l'iceberg de la Sainte-Victoire, ne révéleront donc qu'une parcelle de la réalité. Quelques profils, pas davantage. Quant au reste, cette masse énorme et dérobée, nul ne doit cependant oublier qu'elle assure, à elle seule, l'équilibre ou la profondeur de ce qui se montre. C'est ainsi, en tout cas, que Hemingway rêvera sa vie et son œuvre. Une façade visible avec, en deçà, un insondable gisement de secrets.

Tous les écrivains, au départ, se soumettent à une certaine image d'eux-mêmes. Ce n'est qu'une image, rien de plus. À peine un reflet, ou un rôle, prescrit par la société. Pourquoi ce reflet plutôt qu'un autre ? C'est ainsi. Il suffit de s'en acquitter sans illusion. D'en jouer. De l'imposer. À cet égard, Hemingway ne disposait que d'un répertoire convenu. Il y avait le mystique Faulkner, le dandy Fitzgerald, Joyce en génie, et Pound le dément. Manquait encore, pour le spectacle, un romancier officiellement héroïque, viril, tonitruant. Ce n'est pas vraiment le personnage dont il rêvait ? Peu importe. Il aura bien le temps, pense-t-il, de le retoucher. D'écrire un de ces livres où, après tant de compositions, il avouerait enfin sa véritable identité. Mais le reflet, le rôle, se détachent lentement. Ils vont le précéder, et Hemingway doit les suivre puisque le public a ses exigences, autant que la vanité. Son personnage, c'est maintenant un masque auquel il faut rendre des comptes. C'est un reflet de lui-même dont il n'a plus le droit de se distinguer. Il croyait, comme tant d'autres, que son personnage serait docile, mais les circonstances en décident à leur guise et tout va lui échapper. À la fin, le grand écrivain qu'il est devenu ne se reconnaîtra même plus dans le miroir qu'on lui tend. Trop tard. Sa vie s'achève. Il peut encore miser, à tout hasard, sur le malentendu ou la postérité.

Dès son premier roman, Hemingway cesse donc, étrangement, de n'être qu'un romancier afin de ressembler à la créature que sa réputation lui a substituée. Il est à Key West, à Cuba, à Venise, parmi des poissons volants sur le Gulf Stream, ou en Afrique à la poursuite d'un lion. Le soleil a durci son visage. Il boit, il chasse, il pêche, il se montre. Il se déplace en seigneur parmi des courtisans qui servent son culte et qui, pour le distraire, lui font un pieux cortège. Cet Hemingway, que tous appellent *papa*, est un écrivain de magazine qui affecte de ne s'intéresser qu'aux boxeurs, aux actrices, ou aux insectes. Il se flatte d'user une épouse par roman. Il aime la guerre, le scandale, les combats de coqs. On prétend même que *papa* savait parler aux ours et aux iguanes. Chaque matin, il écrit sur son pupitre recouvert par un velours de Fortuny, tandis que des photographes dépêchés par le monde entier le traquent avec son consentement. A-t-il déjà compris qu'un écrivain, en ce siècle, ne doit à ses livres qu'un début de renommée ? Qu'il lui faut, pour impressionner, choisir des postures flamboyantes et propices à la vénération ? Éblouir afin de ne pas être vu. S'esquiver en public au bon moment. Disparaître de son vivant, afin d'être tranquille, sous n'importe quel déguisement.

J'ai pu, en consultant les fiches de la librairie de Sylvia Beach, suivre d'assez près les lectures de Hemingway, à Paris, au début des années vingt. Un peu de Stendhal, la correspondance de Voltairc, Tolstoï, Tourgueniev — sans doute se préparait-il déjà à son prochain combat de boxe. Mais, sur ces fiches un peu moisies et piquées par le temps, j'ai également découvert qu'il avait, dans sa bohème, un penchant secret pour tout ce qui touche à la religion. Que cherchait-il alors dans les *Fioretti* ou dans cette volumineuse *Histoire des Chrétiens* ? Pourquoi lisait-il si souvent Pascal, toutes ces Vies de Saints, et cette édition de l'Ecclésiaste d'où il tira le titre de son premier roman ? Plus tard, Hemingway se convertit au catholicisme sans fournir la moindre explication. *Théorie de l'iceberg* ? Certains le virent, dans la cathédrale de Burgos, s'agenouiller et baiser un crucifix.

Un jour, au Cap d'Antibes Hemingway voulut expliquer à Fitzgerald ce qu'était l'*alegria* des matadors. C'est le sentiment d'un bonheur enraciné en soi, lui dit-il, c'est la grâce qui illumine comme une foudre. C'est l'instant où tout, par enchantement, s'affirme et se dénoue. L'instant où, dans sa vie, un homme décide qu'il n'aura peur de rien, et que rien ne saurait retenir son audace. Il faut de l'*alegria* quand on entre dans l'arène, quand on commence un roman. Il y a la foule, la solitude, la promesse d'un exploit, la lumière et l'ombre, le miracle des mots et des gestes. Fitzgerald lui répondit alors qu'il n'avait jamais rien entrevu de tel. Qu'il lui fallait, au contraire, se sentir très faible et apeuré, ou ivre, avant d'écrire une seule ligne. Il était, lui, de ces écrivains qui, pour atteindre une forme d'harmonie, ont besoin de douter, et même de se haïr. Je me suis souvent demandé à quelle opinion, ce jour-là, je me serais rangé.

Deux sortes d'écrivains : ceux qui ne vivent que dans l'obsession de leur œuvre. Et ceux dont l'œuvre n'est que la façon d'accomplir, ou d'augmenter, un destin. D'un côté, la tribu de Flaubert, de Mallarmé. De l'autre, Barrès, Malraux, Byron ou Hemingway. Les premiers, tout à leur soif d'absolu, revendiquent une physiologie minimale. Peu d'existence, par principe, ou de plaisir, et encore moins de corps — puisque la littérature sera leur revanche. Ainsi, Proust demande à ses phrases le souffle dont l'asthme le prive, et Stendhal s'aménage une prose maigre ou anguleuse à mesure qu'il épaissit. Les seconds, au contraire, aspirent dans leur vie à une esthétique de l'éclat, de la reconnaissance immédiate, du mouvement. Pas une page, chez eux, qui l'emporte finalement, et quoi qu'ils en disent, sur leur volonté de séduction. Hemingway, qui ressemble toujours à ce qu'il écrit, est de cette redoutable lignée. Il a choisi, dès le départ, la tribu des écrivains pour lesquels la littérature n'est qu'un instrument.

Son corps est l'un des plus glorieux qui se puisse concevoir. C'est un corps de colosse qui, chaque jour, se brise et se détruit selon un processus qui n'a pas d'équivalent. Pour commencer, des blessures de guerre, des fractures, un hameçon planté dans la joue, des brûlures, une pupille dévorée par la poudre des fusils, des chairs meurtries, des morsures de chiens ou de gorilles. Puis, inexorablement, la destruction s'amplifie. Accidents, traumatismes, anthrax à répétition, gangrènes, cancer de la peau, dysenteries, dépressions. Un harpon transperce son épaule, sa rate explose, sa poitrine est défoncée tandis que les héros de ses romans n'en finissent pas, comme lui, de se décomposer. Son suicide ne fut jamais que l'épilogue de cette lente accoutumance à la mort. Dans ce corps fastueux et en péril, Hemingway a tout de suite flairé le matériau de sa légende. D'où ces improbables trafics, presque christiques, qui lui ont survécu. On a ainsi voulu me vendre, avec un sourire, sa rotule en argent, et même quelques-unes de ses dents. Quant à l'éclat d'obus qui avait déchiré sa cuisse, je le possède encore tout en sachant que, pour assouvir le fétichisme de son public, il s'en procurait d'innombrables, à l'occasion, chez un négociant de La Havane.

Son art du roman ? Se lever à l'aube. Écrire six cents mots, debout, les pieds nus posés sur une peau de koudou. Sculpter le rythme. S'astreindre, comme un forcené, au réglage minutieux des perceptions et des sentiments. Pour les dialogues, il tape à la machine, mais les descriptions, qui exigent plus de modelé, ne doivent s'écrire qu'à la main. Parfois, il s'interrompt pour aller pêcher l'espadon ou le requin. À son retour, si tout va bien, encore deux cents mots, quelques ratures, beaucoup de rhum. Il est heureux dès qu'une odeur, une nuance, ou une cadence discrète, infléchit vers la perfection le mouvement de sa phrase. Le soir, relecture à voix haute avec de violentes crises d'enthousiasme ou de dépit. Quand tout est fini, il note sur un mur de plâtre les variations de son poids à côté du nombre des mots qu'il a écrits. Puis il convoque ses amis dans un bar, et il boit jusqu'à en perdre l'esprit.

Une forêt de palmiers, de flamboyants et d'aréquiers. Une piscine où viennent boire les cailles et où Ava Gardner aime se baigner. Plus loin, une tour blanche où il s'isole pour écrire. Partout, des chats, des domestiques silencieux, des livres, des perroquets. Quelques amis de passage. Un chef-d'œuvre tous les deux ans. Des cyclones pour rompre la monotonie de ces cieux sans nuage. Il faut l'imaginer, en ce temps, dans sa maison de Cuba. Douceur du Paradis. Calme certitude. À cet instant, il est invulnérable.

En devenant un personnage public, Hemingway décide pourtant de se fâcher avec la plupart des écrivains qui avaient été ses compagnons. À chaque livre, un règlement de comptes, comme s'il lui fallait, par expiation, congédier la moindre trace de sa jeunesse. Il exécute Sherwood Anderson dans *Torrents de printemps* et Harold Loeb dans *Le soleil se lève aussi* ; Fitzgerald dans la première version des *Neiges du Kilimandjaro* ; Dos Passos dans *En avoir ou pas* ; Sinclair Lewis dans *Au-delà du fleuve et sous les arbres* ; Gertrude Stein et Ford Maddox Ford dans *Paris est une fête.* Jeu de massacre dont réchappent, seuls, Pound et Joyce. On a alors l'impression que Hemingway veut être infidèle à tous, et d'abord à lui-même. Qu'il veut se projeter, loin de ses premières espérances, dans un univers peuplé exclusivement de brutes, de sportifs, de milliardaires. Il méprise les intellectuels, il assomme les critiques littéraires, il n'accepte de soumettre chacun de ses manuscrit qu'à Marlène Dietrich et à Gary Cooper. Désormais, l'être qu'il avait voulu devenir l'encombre comme un regard trop exigeant.

Il comprit, avant beaucoup d'autres, qu'un écrivain doit choisir ses femmes par calcul et avec discernement. Rencontre, premiers regards, vagues désirs : quels romans annoncent-elles ? Si le roman promet d'être bon, il aime. Sinon, pas de temps à perdre. Bonheur conjugal ? Passion ? Jalousie ? Ce n'est pas son genre. Il a, sous les yeux, le désastre de Fitzgerald et de Zelda qui se sont choisis une fois pour toutes, et qui se détruisent méticuleusement. Le régime Hemingway, ce sera donc, avec sagesse, une femme par roman. Ainsi, il y eut Hadley, l'amie, la mère, la tendre compagne des premières années, l'épouse sans laquelle, dans la vie, il n'est pas de bons départs.

Puis il y eut Pauline, la riche, la très belle, celle qui doit partager la gloire à ses débuts. Puis Martha, écrivain comme lui, donc rivale, avec sa tête politique et son allure de chien-loup, la femme idéale quand on doit écrire un roman sur la guerre d'Espagne. Puis Mary, enfin, l'épouse du crépuscule, celle qui surveille les contrats, écarte les journalistes, convoque les médecins, et gère le prestige de l'illustre écrivain. Il y eut, aussi, l'infirmière de *L'Adieu aux armes* et la comtesse d'*Au-delà du fleuve*. Chaque fois, surgissent dans son cœur des créatures ajustées à ses fictions. Une femme par roman ? Mais jamais sur un mode romantique. Dans une lettre à son éditeur, Maxwell Perkins, Hemingway précise, peu de temps avant sa mort, que les femmes qu'il avait aimées furent moins ses inspiratrices que les conséquences sentimentales de son inspiration.

Cette phrase, dans *Les Vertes Collines d'Afrique* : « De toute façon, il ne reste que la beauté transmise par les artistes. »

Mon père le rencontra en 1937, à bord d'un paquebot, le *Champlain*, qui assurait la liaison entre New York et Le Havre. Hemingway avait choisi, en cette saison, de faire une halte spectaculaire dans le rôle du grand écrivain en partance pour la guerre et, comme autrefois, il s'en allait vers l'Espagne afin d'y raviver une inspiration que la torpeur tropicale, ou conjugale, avait affadie. Il avait déjà versé un peu de sang en faveur des Italiens et des Turcs. Pourquoi, dès lors, refuser d'en verser quelques gouttes de plus en faveur des Républicains — d'autant qu'une bonne guerre civile, pensait-il, est toujours une aubaine pour un écrivain ? Il espérait, là-bas, une de ces tueries à l'ancienne, orageuse, propice au style ou à l'ampleur d'une intrigue. Cambrures mâles et avantageuses. Odeur de poudre et de cuir. Imminence d'une nouvelle gloire avec, en prime, les mille dollars par dépêche que lui garantissait un contrat du *Toronto Star*. Pendant dix jours, mon père fut donc son ami, presque son confident. Ils se divertirent en jouant au poker ou en tirant des pigeons d'argile. Ils parlèrent, à ce que j'en sais, de Drieu La Rochelle et des jeeps Willis, de la chasse au grizzli, de la préface de Conrad au *Nègre du Narcisse*. Mais, comme la traversée était trop paisible, Hemingway chercha la bagarre et finit par trouver, à bord, un diplomate argentin vaguement franquiste. Le soir même, à l'heure où les passagers ont déjà revêtu leur smoking, il le provoqua, et l'on fit venir des gants de boxe, et ils échangèrent quelques coups, sur une piste de danse, tandis que l'orchestre jouait un air de foxtrot. On allait le voir, bientôt, sur le front de Teruel ou au bar du Florida avec des cartouchières croisées sur sa poitrine. On allait le voir, aux meilleures places, avec Dos Passos et Robert

Capa, avec Alberti ou Neruda. Au Havre, de nombreux journalistes l'attendaient au pied de la passerelle, et ils l'escortèrent jusqu'à son hôtel où le futur héros se reposa un peu avant de monter au feu. De cette rencontre, mon père conserva une photographie qui m'appartient désormais, et dont je me sépare rarement. On les voit, lui et Hemingway, sur le pont du paquebot, parmi les mouettes et les embruns. Deux hommes ironiques, souriants. La vie, comme une mise en scène, vaporise autour d'eux un parfum de jeunesse. Le vent ébouriffe leurs cheveux et agite leurs vêtements.

Hemingway et Byron. Ils étaient, tous deux, insolents et forts. L'un avait un pied-bot, l'autre une grave blessure à la jambe. On leur connut la même passion pour le sport, les armes, la mer. Chacun fascinait les femmes, possédait un bateau, entretenait une étrange ménagerie, et considérait le jeûne comme une discipline préalable à toute création. Ils étaient, l'un et l'autre, superstitieux et ils s'entouraient de fétiches. Ils furent imités, puis idolâtrés de leur vivant, par des courtisans qu'ils recrutaient surtout parmi des êtres inférieurs et sans envergure. Ils aimèrent l'Italie, l'Espagne, les guerres gréco-turques, l'héroïsme. Ils voulurent toujours prouver qu'un écrivain peut se battre avec autant de vaillance qu'un soldat. Parfois, en les comparant, il me semble que la même âme est revenue deux fois sur la terre. Il existe d'ailleurs, près du Palazzo Cenci, à Venise, une confrérie de gens bizarres qui, à date fixe, célèbre leur culte conjoint.

Hemingway définissait la littérature comme une « grâce sous pression » *(grace under pressure)*. Grâce : pensait-il à la fameuse *alegria* ? À un mystère concernant son catholicisme ? Au prénom de sa mère — la terrible Grace Hall qu'il accusa toujours d'avoir poussé son père au suicide ?

Pour les Modernes, il faut — mais pourquoi ? — que les écrivains soient toujours, un peu, autre chose que des écrivains. À cette fin, plusieurs défroques sont disponibles : du grand prêtre au témoin, du mondain au héros, ou au saint. Pas question, au fond, d'abandonner l'écrivain à ses seuls mots, à ses arrière-mondes, à ses obsessions clandestines et socialement inutiles. Le plus souvent, l'écrivain se laisse faire, et de tous côtés — familles, épouses, ennemis, politique, amis, morale publique — on s'emploie à le détourner de la seule activité pour laquelle, s'il est un véritable artiste, il se sent fait. À cette conspiration, chaque écrivain doit alors, s'il veut survivre en tant que tel, opposer la stratégie qui lui convient : maladie, perversion, identité d'emprunt, retraite mutique, drogue, abjection revendiquée, disparition — et Hemingway comprit tout de suite que, pour écrire en paix, il devait se dérober aux regards de ses contemporains. Extraversion permanente ? Double jeu ? Désinformation systématique sur lui-même ? Ce fut selon le décor et l'humeur. Ainsi, puisqu'un écrivain est, officiellement, un homme du dedans, il fut, lui, toujours *dehors*. En mer, dans des arènes, sur des rings, en voyage, sur des champs de bataille. Dans le même temps, et discrètement, il se levait à l'aube pour écrire ses romans. Hemingway est antifasciste avant-guerre ? Mais il écrit *Au-delà du fleuve* quand tous les romanciers deviennent des militants. Son principe : brouiller les pistes, n'être jamais là où on l'attend, choisir la vie quand Gertrude Stein lui conseille de faire de la littérature, et choisir la littérature quand l'amour de la vie est à la mode. Hemingway est unique en ceci qu'il sut, dans tous les contextes, régler son tir et esquiver les rôles évidents. Longtemps, tout a bien fonctionné. Puis, sans histoire, il se tire une balle dans la bouche dès qu'il comprend qu'avec l'âge sa vigilance va l'abandonner.

La rivalité Hemingway-Malraux. Un *mano a mano* inévitable et divertissant qui dure trente années. D'emblée, ils se sont reconnus à distance, affectant de s'ignorer, de ne jamais se lire. En commun : la peinture, la nostalgie de la légende et de l'action, l'art africain, l'Espagne, les drogues puissantes, un goût déraisonnable pour la fraternité et le secret. Ce qui les sépare : la politique, le corps, l'Italie, les femmes, le sport. Hemingway n'aurait jamais songé à se déguiser en ministre. Ni Malraux à se faire appeler *papa* par les pêcheurs de Torcello. L'un est moins intelligent ? L'autre est moins vivant ? Peut-être. Mais il y avait, de l'un à l'autre, le désir de s'illustrer, en ce siècle, sur les mêmes scènes. On m'assure qu'ils ne se sont véritablement parlé qu'une seule fois, au Ritz, après la libération de Paris, et leur conversation, ce jour-là, roula sur le nombre de soldats que chacun avait eus sous ses ordres pendant les combats. Deux statues arrogantes et sanglées dans leur battle-dress. Je crois savoir que, ce jour-là, ils se sont un peu fâchés car Malraux admirait Montgomery que Hemingway méprisait. Il avait même inventé un cocktail, le Monty — une dose de whisky et dix de soda — pour bien souligner que ce chef de guerre ne remportait ses batailles qu'avec des troupes dix fois plus nombreuses que celles de ses adversaires. Hemingway offrit donc un Monty à Malraux qui choisit de s'en offusquer. Entre eux, ce ne fut qu'un long malentendu de vanité.

En 1922, Hadley Hemingway perdit, dans une brasserie de Lyon, une valise contenant le manuscrit du livre que son mari — qui ne le lui pardonna jamais — était en train d'écrire. Pourtant, on peut supposer qu'il n'y avait aucun manuscrit dans cette valise. Ou que, s'il y en avait un, Hemingway disposait d'un autre exemplaire puisqu'il devait y travailler, pendant tout l'hiver, dans les Alpes. On peut aussi supposer que Hemingway inventa lui-même cette histoire afin de culpabiliser l'épouse dont il voulait déjà se séparer, ou afin de suivre le conseil de Gertrude Stein — « Ernie, votre roman est bon, mais il faut le réécrire... » — sans donner l'impression de lui obéir. De fait, ce manuscrit, imaginaire ou perdu, devint une sorte de trésor mythique dont j'avais voulu, autrefois, faire l'argument de ma première nouvelle. Par la suite, j'ai appris qu'il paraissait, chaque année, deux ou trois romans médiocres sur ce thème. On y rencontre, invariablement, un narrateur que le hasard met en présence de ce manuscrit perdu, qui se l'approprie, et qui organise l'imposture qui lui permet de se prendre pour Hemingway. En général, *papa* se venge, l'affaire tourne court, l'imposteur est démasqué. Chaque fois, il s'agit de démontrer que nul ne saurait usurper sa légende.

Quand Hemingway se suicida à Ketchum, dans l'Idaho, on trouva quelques objets à ses côtés : une poignée de cartouches, quelques dollars tachés d'encre, la muleta qui avait appartenu à Ordoñez, une bouteille de gin, et un petit livre d'Oscar Wilde intitulé *The Importance of Being Earnest*.

Parmi les récits complaisants de ses hauts faits d'armes, il y a, toujours en bonne place, celui qui détaille sa glorieuse libération du Ritz. La scène se déroule, en été, par une douce soirée. Le héros porte son uniforme de soldat avec ce ceinturon de cuir arraché au cadavre d'un nazi, et sur lequel on peut lire *Gott mit uns.* Au volant de sa jeep, avec un jeune aide de camp, il fonce vers la place Vendôme où l'attend un bataillon de maîtres d'hôtel en grande livrée. Charles Ritz, son ami d'avant-guerre, a convoqué des mondains, quelques gaullistes et l'orchestre de Cole Porter. Le héros fait l'important. Il inspecte la cave afin de s'assurer que les Allemands ne l'ont pas vidée. On organise, pour le soir même, un dîner de cent couverts où l'on remarque l'absence de Jean Cocteau et de Coco Chanel. À la fin du banquet, Hemingway exige trois minutes de silence. L'une pour les morts de la Résistance. L'autre pour Fitzgerald. La troisième en souvenir de Proust qui, comme lui, avait la passion du Ritz et de sa bière glacée. Le jeune aide de camp, jusque-là réservé, apprécie en connaisseur. Son nom : Jerome David Salinger. Celui-là même qui écrira bientôt *L'Attrape-Cœur* et qui, en pleine gloire, décidera de ne plus rien publier, puis de se retirer, sans explication, dans une cabane de bûcheron du New Hampshire. Pourquoi un hasard extravagant avait-il choisi, ce soir d'août, de jeter ces deux êtres dans la même jeep, puis dans le même banquet ? L'homme qui n'en finit pas de se montrer et l'homme qui disparaît. Celui qui a besoin de son propre spectacle afin d'exister et celui qui, pour survivre, tire sa révérence. J'imagine que, tard dans la nuit, Hemingway et Salinger échangeaient encore leurs opinions à ce sujet. Une conversation d'experts. Précise. Très technique. Où s'affrontaient deux conceptions de l'orgueil. Deux stratégies d'écrivain.

Mais Hemingway voulut aussi, de son vivant, savourer la volupté de disparaître. De mourir, ne fût-ce qu'un instant. Il est alors en Afrique, à bord d'un petit avion qui survole le cratère du Ngorongoro et les monts de la Lune. Soudain, en s'approchant des sources du Nil, l'avion doit éviter une nuée d'ibis, exécute une fausse manœuvre, s'écrase dans la brousse. Hemingway s'est brisé quelques os. Dans le monde entier, on le croit mort tandis qu'il survit, en mangeant des bananes, parmi les gnous et les zèbres. Quand il réapparaît à Nairobi au bout d'une semaine, il constate sans déplaisir que l'humanité porte son deuil. Partout, des nécrologies amples et sournoises. Témoignages, révélations, hommages. De Paris à New York, de Pampelune à Venise, chacun, même le moindre barman, s'est juché sur son petit capital de souvenirs. C'est la funèbre procession des éditeurs, des amis, des concierges d'hôtel, des critiques, des rivaux. Les femmes, surtout, semblent avoir tant à dire en cette circonstance qu'il les comparera désormais à des boxeurs qui cognent encore après le gong. La vérité d'une vie appartient-elle toujours à ceux qui ont le dernier mot ? Hemingway fera relier ces nécrologies dans un livre dont il lisait quelques pages, chaque soir, en buvant du champagne. Toute sa vie, toute son œuvre, pour aboutir à ce seul livre. À ce chapelet de malentendus, de confidences obscènes. À ce verdict dérisoire, et sans appel. Il sait, maintenant, que nul n'échappe à l'universelle duperie. Que l'on peut être le prisonnier de son immortalité autant que de sa vie. Il a senti le poids des pelletées de terre que tous ont jetées sur son cercueil. Volupté rare et subtile.

J'ai souvent rencontré des êtres insignifiants qui, dès qu'ils le peuvent, évoquent le destin d'Ernest Hemingway avec une prompte compassion. Son éclat les importune, ils croient devoir s'en venger. Un soir, dans un dîner, une femme hâtivement freudienne voulut m'expliquer que Hemingway ne devint ce champion officiel de la virilité que parce que sa mère, à Oak Park, l'avait habillé en fille jusqu'à l'âge de douze ans. Cette femme, après tout, avait peut-être raison. Mais quelle sorte d'apaisement, ou de revanche, poursuivait-elle à travers ce banal roman des origines ?

Elle avait, ce soir-là, le visage de ceux qui, à chaque génération, détestent Hemingway. Un visage qui, à son seul nom, convoque jusqu'à se défigurer tous les stigmates du ressentiment.

Il fut donc, en une seule vie, jeune, glorieux, agoni, et même mort. Puisqu'il lui reste un peu de temps, et puisque sa vie eut si souvent grande allure, il songe, vers la fin, à tout recommencer. Il est déjà vieux et lassé ? Il ne se lave plus ? Sa barbe a brûlé dans l'accident d'avion ? Il n'est pas certain de posséder encore l'énergie nécessaire à un ou deux romans ? Mais l'envie le prend, quand même, de retourner vers cette Italie qui fut la patrie de ses premiers exploits et d'y retrouver, une fois de plus, la passion de vivre qui l'a déserté. Le voici donc à Venise de nouveau, puis à Torcello, dans ce décor usé par une littérature qui n'est pas dans sa manière. Il y cherche une jeune fille semblable à celle qui, déjà, habite le roman qu'il va écrire et à laquelle il concédera, par courtoisie, un statut précaire d'inspiratrice. Il la rencontre, un jour, au bar du Gritti. C'est Adriana Ivanchich, une créature aristocratique, à peine réelle, qui vient de Trieste et porte de longs cheveux. Hemingway va composer, autour d'elle, un roman très inhabituel, *infinitésimal*, et si vénitien que son publie, toujours en demande d'aventures, de grand air ou de chasses, ne s'y retrouvera guère. Serait-il donc, même pour lui, impossible de renaître ? Et devra-t-il à jamais capituler devant la réputation qui le gouverne ? Après l'échec d'*Au-delà du fleuve*, il publiera *Le vieil homme et la mer*, cette fable saturée de sentiments faciles qui ravivera son prestige et lui vaudra le Nobel. Fitzgerald est mort. Pound est dans un asile. Mais Hemingway tient enfin, avec dépit, son titre de champion. Peu de temps après, il acheta ce fusil de chasse Boss à deux coups qui, dans ses romans, tentait déjà ses héros suicidaires.

C'est au Ritz, bien sûr, que l'on retrouva, abandonné dans une vieille malle, le manuscrit de *Paris est une fête*. Son dernier livre raconte les premiers jours. Saisons innocentes. Nostalgie de l'aube quand vient le crépuscule.

Il y a bien longtemps, à Venise, j'ai fait la connaissance d'Adriana Ivanchich. Après le suicide de Hemingway, elle avait épousé un comte autrichien, puis elle était devenue fragile et dépressive. Elle m'avoua que son rôle, dans *Au-delà du fleuve*, lui avait d'abord déplu, et qu'elle ne s'était guère reconnue dans cette Renata qui perd son temps au Café Florian ou au Harry's Bar avec un vieux colonel impuissant. Mais, par la suite, elle s'était attachée à ce roman qui lui avait valu une belle réputation. Elle s'était lentement ajustée à la créature romanesque à laquelle elle avait pourtant offert la plupart de ses traits, et cette captation d'un être par son reflet avait pris, chez elle, l'aspect d'une dépossession tragique. Quand elle me reçut dans son Palazzo, elle voulut aussitôt me montrer d'énormes dossiers de presse, des photographies, le bracelet d'émeraudes que celui qu'elle appelait encore *papa* lui avait jadis offert. Un sourire affolé courait sur son visage. Ce qu'elle était devenue dans la réalité lui importait assez peu. Il lui fallait seulement prouver, et hurler, qu'elle était toujours la Renata du roman de Hemingway. On se quitta en fin de journée. Quelques mois après cette rencontre, j'appris qu'elle s'était pendue, dans un parc, après avoir fait disparaître les traces de sa modeste immortalité.

Chaque année, en juillet, une étrange cérémonie rassemble, à Key West, tous les sosies de Hemingway. Ils arrivent d'Europe ou d'Amérique, ils s'agitent pendant une semaine, ivres le plus souvent, rivalisant d'arrogance et de vulgarité. C'est une sarabande de pantins mimétiques qui parlent fort et boivent du rhum ou de la bière au bar du Sloopy Joe. Les plus jeunes veulent ressusciter, en eux, le Hemingway de Montparnasse ou de Pampelune. D'autres, plus âgés, avec barbes ou vestes de velours, se sont installés dans la peau du Hemingway des derniers jours. Après de longues beuveries, la cérémonie s'achève, et l'on désigne par acclamation une sorte de roi devant lequel tous se prosternent. Chaque année, on élit ainsi le sosie le plus parfait. Le dernier roi Hemingway est, à ce que l'on m'en a dit, un plagiste gay de Californie, et il se fait appeler *Kilimandjaro.*

Au début des années vingt, à Paris, Hemingway avait écrit un poème où il était question d'un Chinois qui s'était suicidé — mais qui recevait encore des lettres à la brasserie du Dôme. J'y ai repensé, devant une table de verre qui se trouve au Musée Hemingway de La Havane, et sur laquelle on a déposé les milliers d'enveloppes encore cachetées qui lui furent adressées longtemps après sa mort.

Et il me plaît de savoir que, quelque part en ce monde, Hemingway reçoit toujours son courrier.

VII

Pour Vivant Denon

Pourquoi faut-il que le bonheur soit désormais suspect ? Que chacun y guette le symptôme des civilisations vaines et des tempéraments sans relief ? Pourquoi faut-il que l'esprit du temps — qui me contamine à l'occasion — accueille le moindre frémissement nocturne avec les égards qu'il refuse aux sagesses heureuses ? Une œuvre tout incrustée d'allégresse serait-elle moins vraie, ou moins belle, que celle qui s'autorise d'un grand tourment ? D'où vient, alors, que le clair-obscur ait, y compris en moi, si bonne réputation ? Cela tient à l'époque, sans doute — où les ambiances se sont figées de telle sorte que nul ne songe à y briguer un peu de légèreté. Le dépit, partout, conserve son prestige. L'infortune, avec ses vieux effets, séduit encore. Il est bien vu de s'illustrer dans le martyre. Et l'on se méfie, par principe, de ceux qui revendiquent leur part d'insouciance ou de désinvolture. Dans ce contexte inquiet, quelle forme de salut pourrait espérer un contemporain de Voltaire et du Prince de Ligne ? Va-t-on, déjà, le plaindre de s'être épargné détresse et solitude ? D'avoir esquivé le tragique qui, dans les mœurs du jour, reste l'ultime excuse de la vie ? Mais il est délicat, pour l'heure, de réfuter les conformismes du désespoir. C'est à peine si, en de rares circonstances, on ose le démentir par la perfection de quelques destins harmonieux. Et celui de Vivant Denon — dont on se souvient, par saison, mais brièvement — fut l'un d'entre eux.

On pourrait dire, sans que cela soit vraiment inexact, que ce gentilhomme — qui passa les deux tiers de sa vie au XVIIIe siècle et le reste au XIXe — devint l'un de mes plus chers amis grâce à une femme séduisante qui rendait souvent visite à mon père. C'est elle qui, un jour, alors qu'on la faisait attendre, m'offrit l'opuscule que Denon avait écrit à vingt ans, après une éruption du Vésuve, et afin de faire ses adieux à la littérature. Destinait-elle cet opuscule à mon père ? Eut-elle d'autres projets en me l'offrant ? Toujours est-il que le titre même de ce conte libertin, *Point de lendemain*, me parut convenir à la situation. Il y avait là une intrigue, toute en caprice, et limitée à une seule nuit. Un jeune héros, qui a l'âge et les traits de Denon, attend sa maîtresse à l'Opéra, mais celle-ci est en retard et une marquise aussi perverse, quoique moins sombre que celle de Laclos, lui propose de patienter en sa compagnie. Docile, le jeune homme va se plier à la fantaisie de cette créature qui, tenant l'amour pour une machinerie, lui « promet beaucoup pour se dispenser de donner peu ». Il la suit donc dans un château où, sous l'œil navré d'un vieil époux, elle se donne et le possède, se divertit de lui jusqu'à l'aube, puis le chasse dès qu'un domestique lui annonce l'arrivée de son amant en titre. Le jeune homme a-t-il rêvé ? S'est-on joué de lui ? Qui tire le meilleur profit des ruses où le plaisir s'échange contre une illusion ? En vérité, ce court récit vaut, d'abord, par son éparpillement d'ambiguïtés. C'est inconvenant, cynique, définitif comme un bijou. On songe au *Meilcour* de Crébillon, au *Faux Pas* de Watteau, à l'*Angola* du Chevalier de La Morlière — ces merveilles inutiles où un siècle, soudain, avoue sa passion et sa science des amours en trompe l'œil. Celle qui me révélait le charme de cet opuscule voulait-elle hâter un événement ajusté à l'histoire qui y était contenue ? Savais-je moi-même que Denon, masqué par la double négation de son patronyme, surgirait toujours dans ma vie à l'heure des consentements ? Voulait-on m'apprendre enfin que, pour un jeune homme, l'entrée dans le monde est une chose complexe et qu'il y faut de bons maîtres ? En ce temps-là, il est vrai, je tenais les femmes pour les meilleurs précepteurs du genre humain.

J'ignorais alors tout ce qui avait fait la gloire de cet homme si aimable, et il m'arriva souvent de passer devant la Colonne Vendôme, la porte du Louvre ou l'arc du Carrousel, sans me douter que l'on devait leurs nobles présences à ses intuitions d'esthète voyageur. J'ignorais aussi que, de Stendhal à Nimier — d'autres, plus tard, allaient les rejoindre — un club d'hédonistes avisés entretenait secrètement son culte. J'ignorais enfin que ce *Point de lendemain*, publié sans nom d'auteur afin de ne pas compromettre la Marquise qui l'inspira — « la discrétion est la première des vertus, je lui dois bien des instants de bonheur » — fut dérobé par Balzac qui osa l'inclure, sans y changer un mot, dans sa *Physiologie du mariage*. Depuis, j'ai plus d'une fois repris mon souffle dans son ouverture magique : « J'avais vingt ans, et j'étais ingénu. Elle me trompa, je me fâchai ; elle me quitta, j'étais ingénu, je la regrettai. J'avais vingt ans, elle me pardonna. Et comme j'avais vingt ans, que j'étais toujours ingénu, toujours trompé, je me croyais l'amant le plus aimé, partant le plus heureux des hommes... »

Vivant Denon eut beaucoup de goût, peu d'indifférences, et possédait plus qu'un autre le don de se porter au-devant de tout ce qui procure quelque jouissance. Jusqu'à sa mort, en 1825, il hésita cependant entre son amour des êtres et son amour des objets tout en veillant, dans chaque ordre, à ne jamais capituler devant une seule fascination. Dans un premier temps, il voulut parfaire ses « collections d'âmes » choisies entre l'Ancien Régime et la Restauration. À Versailles, où on l'appelle le Faune, il est le seul courtisan à n'avoir aucun ennemi. Un pape l'excommunie, puis se ravise devant l'élégance de son impiété. Le Cardinal de Bernis se désole lorsque Denon néglige de se rendre à ses soupers. Pour éblouir une actrice sans talent, il devient dramaturge, et il se fera peintre pour être admis dans l'atelier de Boucher. Un jour, devant Louis XV, il détaille si habilement les vertus philosophiques du bilboquet que le Roi, convaincu de son éloquence, lui propose de tenir à ses côtés le rôle d'une Shéhérazade et, chaque matin, Denon est prié de « conter à sa façon » les événements de la veille. C'est un jouvenceau que l'on aime sans tarder et sans raison. Il s'impose par la douceur, il charme avec bonté et, si l'on excepte Ingres et Chateaubriand — dont la vanité éteignait le jugement — il n'eut aucun mal à se gagner tout un monde qu'il dédommageait aussitôt par l'ampleur de ses attentions.

Pourtant, à mesure qu'il toise ses semblables, Denon découvre que ce musée spirituel ne retient pas toutes ses émotions. Il veut alors compléter le genre humain par d'autres collections et il se tourne vers les objets qui, eux, ne le lasseront jamais. À la fin de sa vie, il souriait, paisible, parmi les émaux, les vases étrusques, les bronzes et les porcelaines du Japon qu'il avait recueillis au fil d'une existence curieuse. Dans son hôtel du quai Voltaire, dont les murs étaient recouverts de primitifs italiens et de maîtres hollandais, il ne dédaignait même pas de s'attendrir sur les formes inférieures de la beauté. Une vieille harpe, un caillou, une figure carolingienne ou le poignard d'un sauvage le touchaient aussi vivement qu'un buste sculpté par Michel-Ange. Le génie, pour lui, procédait par degrés, par plénitudes successives mais égales dans leur principe. Des objets fort divers firent ainsi son paradis. Il s'y est enseveli, *vivant*, avec la volupté d'un amateur de grâces et de bizarreries.

Bientôt, Denon comprit qu'il était, avec Voltaire, l'homme le plus heureux d'Europe. Bernis n'avait pas survécu à l'abondance de ses félicités ; le Prince de Ligne gâtait son bonheur par de brèves mélancolies ; il ne restait que le philosophe de Ferney, et Denon — qui, par son titre de Gentilhomme Ordinaire, pouvait s'entretenir avec n'importe quel roi — ne tarda pas à solliciter une audience. La visite au grand écrivain, déjà promise au classicisme d'un genre, sera inaugurée par ce pèlerinage auquel Voltaire, d'abord, se refuse. Denon insiste, ses lettres sont irrésistibles, on y cède, et l'entrevue qui ne devait durer qu'une soirée se prolonge pendant huit jours. Au début, c'est un assaut d'élégances, Voltaire est majestueux, il régale son hôte avec des ombles chevaliers, il conserve jusque dans le lit qu'il quitte rarement cet « accoutrement d'immortalité » que Denon essaie de fixer au fusain et à l'eau forte. Mais le philosophe ne tarde pas à s'enhardir : il voudrait encore « arranger l'humanité » alors que Denon fait son miel d'une espèce imperfectible et estime que le vrai bonheur n'advient qu'avec un renoncement à l'idéal. Voltaire est épicurien par devoir et pour autrui. C'est un militant du plaisir, un absolutiste de l'agrément, tandis que Denon ne se réjouit qu'afin de mieux passer le temps. L'un apprécie la nature, l'autre ne supporte que les jardins. Le philosophe croit à l'avenir et son hôte sait qu'il n'y a point de lendemain. Se sont-ils fâchés ? Aucune chronique ne l'atteste — mais, quand il se sauve de Ferney, Denon est convaincu que Voltaire n'est pas assez voltairien. Il reprend alors ses croquis, force le trait, inflige à son aîné un sourire cupide et une bouche édentée, il place autour de lui des servantes bossues, il le peint en « singe estropié » sous sa coiffe de nuit. Juché sur cet optimisme que Denon désignera toujours comme l'ennemi du bonheur, Voltaire s'indigne. Il tente de se procurer les gravures qui, partout en Europe, risquent de ternir son image — mais Denon, qui est déjà à Venise, les a offertes à une cantatrice dont il s'est épris. Voltaire songe même à dépêcher quelques hommes de main auprès de l'indélicat qui s'interroge dans la dernière lettre qu'il lui envoie : « Qu'est-ce donc que la gloire, *y écrit-il*, si le souci de soi habite toujours avec elle ? »

En 1797, dans le salon de Talleyrand, Vivant Denon s'ennuie. Autour de lui, chacun s'agite et trahit. Le manège de Thermidor, malgré sa cruauté, lui paraît bien en deçà des intrigues de Versailles. Il note dans son carnet que les nouveaux courtisans n'ont même pas la rouerie des anciens, que les drames récents ont engourdi leurs manigances, et il voit venir avec effroi le temps où il sera las de s'amuser. Tout près, un général s'impatiente. Il a soif, son épée l'encombre, on le sent tout incendié au-dedans, il a le profil d'un « Phidias inachevé ». Vivant Denon lui tend alors un verre d'orangeade et engage une conversation qui, sans que l'on sache trop pourquoi, en arrive vite aux prestiges comparés des civilisations défuntes. Le général est ravi. Il s'appelle Bonaparte. Il embarque le lendemain pour l'Égypte et, sans plus de manière, prie son nouvel ami de l'y suivre. Entre ces deux rêveurs, ce sera le début d'une complicité dont le roman reste à écrire. Denon, qui a déjà plus de cinquante ans, quitte sans regret ses talons rouges pour des bottes à éperons. Brave, l'œil aux aguets, ce « Fragonard rallié à la Révolution » va se battre et s'enchanter des langueurs du Nil. Dans la chaleur, il recopie les hiéroglyphes que Champollion n'a pas encore déchiffrés, dont le sens lui est indifférent, mais dont la beauté le trouble. À Thèbes, sous la tête d'une momie, il découvre un papyrus qui sera aussi décisif que la pierre de Rosette pour préfacer, sinon pour fonder, l'égyptologie moderne. À Philae, il tue quelques indigènes parce que ces importuns voulaient l'égorger avant qu'il n'achève le dessin d'une felouque. De cette équipée, il rapporte un ouvrage — ce *Voyage en Égypte*, attribué à un certain Abbé De Non — qui connaîtra plus d'éditions que *Le Génie du christianisme*. Il en rapporte surtout le pied d'une statuette qu'il avait déterrée dans une nécropole du Delta. C'était le pied charmant de quelque Gradiva dont l'allure souple traversait plusieurs millénaires afin de l'émouvoir. Il imagine la jeune fille qui inspira tant de grâce à son sculpteur. Ce pouvait être une prêtresse du Temple d'Isis, une princesse, une paysanne — et, désormais, les autres femmes lui paraîtront moins désirables que ce songe. Le *Faune* qui avait séduit les plus belles créatures de Versailles, de Venise, de Naples, mourut ainsi célibataire et veuf d'une inconnue.

Pour rester fidèle à son espèce sans renoncer à sa prédilection pour les objets, Vivant Denon devint, naturellement, un amateur de reliques. Il serait inutile de voir là l'effet de quelque inclination mystique car, pour cet homme dont la foi allait au seul plaisir, la sainteté n'existait pas davantage que le ciel. En revanche, Denon se tenait pour l'obligé des êtres qui, par leurs destins, avaient été les intercesseurs humains d'un absolu ou d'une harmonie. Dans un meuble de Boulle, il avait disposé son étrange reliquaire gothique. On y trouvait quelques os du Cid et de Chimène provenant de leur sépulture profanée à Burgos ; un peu de la cendre d'Abélard recueillie dans le tombeau du Paraclet ; des cheveux d'Agnès Sorel et d'Inès de Castro ; une partie de la moustache d'Henri IV qui avait été dérobée à son squelette, en 1793, lors de l'exhumation des corps royaux à Saint-Denis ; un fragment du linceul de Turenne ; une dent de Molière ; l'éventail dont se servait l'héroïque Desaix pendant l'expédition d'Égypte. D'après certains témoins, Denon se recueillait à heure fixe devant cet autel, et l'on ne saurait imaginer les prières qu'il lui adressait. Il dut cependant accorder de la considération à cette cérémonie puisqu'on le vit, dans ses dernières saisons, s'enflammer pour des reliques qui n'avaient surgi que de son désir de les posséder. Il se procura ainsi un pinceau imaginaire du Perugin et un morceau de cigare dont l'autre partie avait été, paraît-il, fumée par Casanova. Devant ces reliques — qui, de toutes choses, sont les plus proches de la vie — Denon s'improvisait un surcroît d'existence. Et il chérissait sa duperie comme la meilleure preuve de lui-même.

Stendhal et Vivant Denon se croisèrent le 15 juin 1809, dans l'église des Écossais, à Vienne, pour une cérémonie funèbre en l'honneur de Joseph Haydn. Ce jour-là, ils écoutèrent le *Requiem* de Mozart en s'observant du coin de l'œil. Par la suite, Stendhal — qui rendit souvent visite à Denon lorsqu'il écrivait son *Histoire de la peinture en Italie* — avoua qu'en lisant *Point de lendemain,* il eut toujours le sentiment de reconnaître des phrases qu'il aurait pu écrire, puis oublier.

De fait, seul Napoléon sut retenir l'insaisissable Denon. Il lui avait déjà permis, en Égypte, de satisfaire sa passion extrême des ruines, et il entend prolonger sa bienveillance jusque dans les fastes de l'Empire en confiant à son ami le soin d'inventer le Louvre. Il faut, à cet instant, imaginer la jubilation du collectionneur à qui l'on demande de concevoir le plus vaste musée du monde. À qui l'on offre les services d'une armée invincible et prête à s'emparer, partout, des trophées élus par son bon goût. Les Dürer de Cassel ? Les Holbein de Potsdam ? Les Cranach de Brunswick ? Les pierres gravées de Berlin ? Les camées du Pape ? Les Corrège de Vérone et de Sienne ? Denon, promu ordonnateur des pompes du nouveau règne, n'a qu'à exiger pour que des régiments se lancent à la conquête d'un butin qui doit assouvir sa nature de prédateur délicat. À ce jeu, il perd un peu de sa sérénité. Il suit les armées en campagne afin d'être le premier à mettre la main sur les trésors qu'il va piller. Huissier-priseur de l'Europe, il insiste auprès de l'Empereur pour que celui-ci dévaste une province que la logique militaire l'aurait conduit à négliger — mais où l'on trouve des statues rares et des bas-reliefs de qualité. À cet égard, une hypothèse personnelle m'a toujours persuadé que Napoléon n'engagea certaines de ses conquêtes que pour permettre à Denon de compléter ses collections et de rassembler en un seul lieu toute la beauté d'un continent. La décence peut s'en offusquer — mais quel amateur d'art n'aura pas rêvé d'une si haute injustice ? Quand, après le Congrès de Vienne, les monarques de la Sainte-Alliance vont reprendre leur bien, Denon — qui, le premier, avait décrété la séparation de l'État et du goût — écrira dans son carnet : « On m'a dépouillé, mais il leur manquera toujours des yeux pour voir... »

Ses yeux ? Il leur doit, précisément, la part la plus intense de ses joies. Sous la Terreur, il survit en observant. Et, dans le Paris des massacres qu'il traverse avec sa boîte à dessin, il sait que son seul bonheur le rend invisible. On lui a confisqué sa modeste fortune, il n'a conservé sa tête que grâce à la protection de David, il perd chaque jour un ami d'autrefois, il est « comme ces Siciliens qui ont eu tant de souverains qu'ils se sont habitués à n'en aimer aucun » — mais il peut encore regarder, et cela suffit à le réjouir. Vers le soir, quand le peuple s'excite, il s'attarde dans les gradins du tribunal où, s'appuyant sur le dos d'un de ses anciens valets devenu sans-culotte, il fait à Couthon et à Saint-Just des visages de fauves larmoyants. Dans le même temps, les débats de la Convention lui inspirent, curieusement, une série de croquis priapiques qu'il crayonne sur un papier disposé au fond de son chapeau. Seul, sans appui, il attend la fin de la tragédie quand, par hasard, on le charge de concevoir les nouveaux costumes de la République. Il s'applique. Il ajoute à l'austérité ambiante quelques rubans jaillis de l'époque où il n'était qu'un libertin. Et Robespierre, qui trouve du charme à ces croquis, convoque bientôt leur auteur aux Tuileries, dans les appartements de Marie-Antoinette où Denon, autrefois, exerça ses premières séductions. Toute une nuit, l'homme du bonheur et celui de la tristesse évoqueront en amis les mérites du crêpe, de la soie, des dentelles, du velours. Leur conversation, qui durera jusqu'à l'aube, fut peut-être l'un de ces instants très singuliers où deux mondes, étonnés, s'observent avant de s'éloigner.

Chaque matin, depuis 1804, Vivant Denon traverse la place du Carrousel qui est alors encombrée de forains, d'oiseleurs et de marchands. Toutes les boutiques ont leur enseigne, l'une d'entre elles l'attire plus particulièrement. C'est un tableau posé à même le sol, et sur lequel le chaland a écrit ce refrain d'une ancienne chanson : « Que Pierrot serait content s'il avait l'art de vous plaire. » Ce tableau intrigue Denon, qui finit par l'acheter malgré l'ironie de David qui l'accompagne ce jour-là. Il ne sait rien du peintre à qui l'on devait cette figure charmante, mais il lui devine le talent d'un frère. C'était, dira-t-il, « comme une coupe de souvenirs amers ». Comme le portrait d'un autre lui-même qu'il plaça, dans son bureau, entre Ruysdael et Giotto, tout en lui témoignant une tendresse supérieure. Ce tableau, c'était le *Gilles* de Watteau — que Denon aima plus qu'aucune autre œuvre d'art. Quand, avec la défaite de l'Empire, le Louvre se fut vidé de tout ce que les rapines y avaient amassé, Denon demeura dans la seule contemplation de son *Gilles*. Enfin, il le décroche lui-même et veut repasser la Seine en le tenant sous son bras quand un Prussien le remarque et prétend que ce tableau, jadis, appartenait à son prince. Denon se vit contraint de le racheter avec ce qu'il possédait encore, puis il démissionna de toutes ses fonctions — bien qu'il n'eût tenu qu'à lui d'achever dans la faveur de Louis XVIII une existence qui avait déjà séduit tant de maîtres. Sa grande affaire, c'est alors de vieillir doucement, toujours aimable, toujours aimé. Il n'oublie rien, il a beaucoup appris, il se réjouit encore, il se consacre à une *Histoire de l'art depuis les temps les plus reculés.* Paisible, désencombré, il s'endort et se réveille en devisant avec Watteau.

Plus tard, quand Anatole France s'installa dans l'hôtel qu'occupait Denon, il voulut lui consacrer l'une de ses *Scènes de la vie littéraire* afin d'explorer les secrets d'un sensualisme fait de mesure et d'entrain. Il y affirme cependant qu'il manqua à Denon cette nuance d'obstination, cet amour de l'impossible, cette fureur de l'âme, qui engendre les héros et les génies. Il y affirme aussi que Denon eut la malchance de ne connaître ni la souffrance, ni l'inquiétude, ni ce désir d'au-delà sans lequel nul n'existe vraiment. Au fond, Denon aurait dû être malheureux, et même un peu moins *Vivant*, pour prétendre à quelque respectable grandeur. Je tiendrai toujours pour plus vrai l'exact contraire de cette opinion.

C'est, d'ailleurs, ce que pensait aussi celle qui m'avait offert *Point de lendemain* quand, longtemps après, je la revis. L'âge avait passé sur son visage comme sur le mien. On évoqua le souvenir de mon père et celui du père de Denon — qui, comme son fils, s'appelait Vivant. Quel homme, me demanda-t-elle — son esprit revisitait sans doute nos secrets d'autrefois — aurait envie de tuer un père qui est Vivant ? Et le principe d'une existence accomplie ne tiendrait-il qu'au hasard d'un patronyme ? Elle avait, pour sa part, essayé d'être heureuse puis, comme tant d'autres, elle s'était consolée en songeant qu'elle aurait pu l'être. Devions-nous ajouter un peu de temps à ce qui ne valait que par sa brièveté ? On chercha un instant la morale de notre passé mais, au geste qu'elle me fit en s'éloignant, je compris qu'on ne la trouverait pas — puisque nul, dans la vie, « ne peut faire fond sur personne », ni parier sur le lendemain.

VIII

Berl, présence d'un mort

L'ai-je vraiment croisé, comme je l'imagine parfois, sous les arcades du Palais-Royal ? Avait-il, ce jour-là, le visage rieur et voltairien qui fit sa dernière réputation ? Et cette pelisse de tweed que Louise de Vilmorin lui avait offerte, vingt ans plus tôt, afin d'entretenir son apparence d'avant-guerre ? Avait-il, comme je le suppose, cette allure courtoise qu'on lui a toujours connue, et qui précède les individus dont l'aventure s'est accomplie sans déplaisir ? Était-ce bien lui, ce cher Berl, avec son escorte de fantômes ? Avec toutes les rumeurs de son passé ? Là, sous les arcades, il hésite et me sourit. C'est une créature à peine moins fictive que son intime, le Neveu de Rameau. Le pâle soleil de ce jour-là convient à son charme furtif.

Je l'avais déjà rencontré, disons, en plusieurs circonstances dont la réalité me paraît encore incertaine. Des amis communs. Deux ou trois échanges de lettres. La fréquentation d'une même mythologie. L'inévitable visite que je lui avais rendue, quelques années plus tôt, alors qu'il s'apprêtait à sortir de l'existence quand je m'efforçais d'y entrer — « Ah, vous voulez devenir un écrivain ? Très bien... Alors faites disparaître les trois premiers romans que vous avez dû, déjà, achever, et commencez le quatrième... »

Allait-il en voisin, ce jour-là, fumer un peu d'opium chez Cocteau ? S'en revenait-il de la rue de Valois après y avoir aperçu un Malraux infidèle à sa jeunesse ? Avait-il un instant à m'accorder ? L'œil est vif. Le vieil acteur sent son public tout acquis. Il est d'humeur bavarde et légère. Libre à déjeuner ? Sa table l'attend au Véfour. On s'empresse. C'est le Montaigne du quartier que chacun accueille en frémissant. Veut-il conserver sa pelisse ? Devra-t-on disposer un paravent pour le protéger des courants d'air ? Rien, me dis-je, ne doit être meilleur que de dilapider ainsi une réputation plus vaste que soi. J'observe ses mains tandis qu'il compose notre menu. Je sais qu'elles ont serré celles de Barrès et de Valéry, et je sais que Reynaldo Hahn était jaloux de leur finesse. Du détail à l'idée, il improvise alors parmi ses souvenirs exquis et dociles. Qui faudra-t-il ressusciter par la conversation ? Quelques vivants, bien sûr, car ils en ont besoin. Mais les morts sont plus séduisants, plus disponibles. Berl leur témoigne la piété d'une Antigone désabusée. Il appartient déjà à leur royaume et m'assure qu'il ne s'attarde que par habitude dans le reste de sa vie. Affable, maître de son répertoire, il m'invite à le lancer dans la direction de mon choix. Ses soirées avec Émilienne d'Alençon ? Les cols durs de Mandel ? Les hanches lourdes de Céleste quand elle l'accompagnait dans la chambre de Proust ? Les filles qu'il suivait avec Drieu, la nuit, jusqu'à la Porte de Pantin ? La salle des Quatre-Colonnes avant la chute d'un ministère ? L'Hôtel du Parc pendant la Révolution nationale ? Les épaules de Sylvia ou de Rachel ? Les êtres distinguent mal, dans l'instant, ce qui deviendra mémorable de ce qui ne le sera jamais. On croyait avoir vécu une grande chose qui, en fin de compte, s'échoue dans l'insignifiance. Et combien de souvenirs, soudain, qui hantent par surprise ?

Avant de rencontrer Berl, avant de m'acclimater à ses délicieuses roueries, je me faisais un devoir de n'admirer que les écrivains solidement installés dans un premier rôle. Les arrogants, les génies, les héros. Ceux qui revendiquent, sans attendre, la plus grande part de gloire et de lumière. Qui vont, jusqu'à l'épuisement, se suspendre à la haute idée qu'ils se font d'eux-mêmes afin d'exister, ou de disparaître, avec fracas. À vingt ans, Malraux n'avait déjà plus de temps à perdre. Comme Aragon, ou Barrès — dont l'impatience est sublime. Mais Berl, par pudeur ou orgueil, se voulut d'un autre lignage. Celui des témoins en retrait, des hommes d'influence et de coulisse. C'est le lignage de ces nobles seconds rôles sans lesquels la comédie littéraire n'aurait plus de relief. Le lignage de ces agitateurs effacés qui, doutant de tout, n'envisagent leur survie qu'à la faveur d'un prestige clandestin et fragile. Berl était-il un grand écrivain ? Je ne le pense pas — et lui-même n'y prétendait guère. Dans cette affaire, il ne lui avait manqué qu'une nuance de conviction, qu'un plus grand souci de soi, ou que la volonté d'habiter par avance un destin flatteur. Au départ, il connaissait pourtant les répliques et les gestes requis. Il avait, dans son carquois, les mêmes flèches que Drieu, et il savait comment l'on doit s'y prendre pour épater. Pourquoi avait-il donc fallu qu'il préfère, par hasard, le quiétisme de Fénelon et la mélancolie de Chamfort ?

Dès le début, il s'enchante de sa propre curiosité. Il aime les fleurs et les amazones de l'avenue du Bois. Le moindre débat le divertit. Il s'égare sans cesse et la couleur du ciel ne lui est jamais indifférente. Par négligence, il ne songe même pas à obtenir ce qu'il aurait pu faire semblant de désirer. À défaut d'une ambition plus vive, Berl se met donc à considérer, mais de loin, la partie qui s'engage, et où Malraux, Maurras, Claudel ou Breton se taillent des empires respectifs. Il observe les stratégies, les mensonges, les arrière-pensées, les renversements d'alliances. Dans ce paysage guerrier, il devient, sans l'avoir véritablement désiré, un agent de liaison entre des acteurs majestueux et pétrifiés dans leur importance. Il ne brigue, pour lui, que les privilèges de l'ombre — et c'est d'abord par là, étrangement, qu'il va exister.

Avait-il compris, modeste, que telle serait sa mesure ? Qu'il n'avait pas assez de souffle, ou de voix, pour se risquer dans le registre des ténors ? Très vite, Berl eut ainsi le sentiment qu'on l'avait admis par erreur sur le devant de la scène. Il expliquait, à cet égard, que son cousin Henri Franck, ce Péguy juif, le poète de *La Danse devant l'Arche*, le compagnon de Barrès et d'Anna de Noailles, y aurait mieux représenté sa famille s'il n'était mort trop jeune. Berl avait pris la place d'un défunt — et ce fut, m'avoua-t-il souvent, son premier pacte avec l'imposture. À partir de là, le second rôle se précise. Il suffit à Berl de surgir dans le sillage des événements, de s'insinuer dans la chronique d'une tribu dont il se croit indigne. Il sera avec Proust pendant le rituel nocturne des fumigations ; avec Bergson quand celui-ci choisit son habit d'académicien ; avec Crevel au Cyrano ; avec Drieu à l'imprimerie des *Derniers* jours ; avec Loti dans sa villa orientale ; avec Anna de Noailles à Amphion ; avec Cocteau et Morand à la première des Ballets russes. Agent de liaison, il s'agite. Il court de Laval à Herriot, il recueille une confidence de Gide ou de Francis Jammes, il passe en coup de vent dans les bureaux de Georges Bonnet et d'Alexis Léger, il est assez fier de partager une prostituée avec Breton. Dans la comédie, dans le drame, c'est toujours le second rôle qui relance l'intrigue ou impose un climat et Berl, à tout prendre, ne déteste pas sa partition. Il n'ignore qu'à ce rythme, on peut se hâter vers l'oubli et la dispersion de soi. Il espère cependant y glaner une sorte de gloire acquise à l'ancienneté. Avait-il, d'ailleurs, d'autres cartes dans son jeu ?

En 1915, en pleine guerre, dans les tranchées et parmi les rats, Berl lit *Sésame et les Lys* afin d'échapper, par l'esprit, à l'agonie inutile de sa génération. De fait, Ruskin lui semble trop vaporeux. Il s'y intéresse moins qu'à son préfacier, Proust, et dans la lettre où il glisse quelques éclats d'obus, il confie à Mary Duclaux que cette prose, si troublante, pourrait bien être celle qui l'accompagnera jusqu'à sa mort. La muse des féneloniens — que l'on croise encore dans certains romans d'Anatole France — en est émue. Elle alerte Proust qui, aussitôt, écrit avec transport au jeune inconnu qui risque de mourir en le lisant. De ces lettres de cinquante pages, folles et paternelles — ce sera la vraie première version de *La Prison-*

nière — il ne reste rien car elles furent toutes, sauf une, ensevelies dans la boue de Lorraine. Dès son retour du front, Berl sollicite donc une entrevue et on le reçoit, vers minuit, dans l'illustre chambre aux murs de liège. Pendant cinq semaines, entre paperolles et potions, le romancier qui n'avait pas eu le temps de former un vrai disciple s'efforcera de convaincre, de *redresser*, le jeune homme qui n'avait guère songé, jusque-là, à se donner un maître. Proust s'efforce surtout, comme s'il lui fallait s'acquitter d'un sacerdoce, de persuader Berl — en qui il croit discerner « un peu de Heinrich Heine » — que le malentendu et la duplicité gouvernent à jamais le commerce des âmes. Puisqu'il avait lui-même menti à sa mère, qu'il aimait plus qu'aucun être, Proust ne pouvait admettre que l'amour fût autre chose qu'une perpétuelle trahison. À l'amour, son pessimisme concédait une seule vertu, la jalousie, qui avait à ses yeux le mérite d'affûter l'esprit, d'en suspendre la torpeur et, par là même, de précipiter la métamorphose d'un mondain en romancier. Mais Berl, qui l'écoute, n'a pas encore renoncé à l'éventualité du bonheur, ni même à la réalité de l'amour. De la vie, il attend sa dose d'extase et de succulence. Il croit encore que les cœurs peuvent durablement s'accorder. Il ne se résigne pas à tenir la déception pour un principe infaillible. Pendant cinq semaines, chaque nuit, Berl résiste autant qu'il le peut au tournoiement de phrases et de fureurs dont on voudrait le ligoter. Proust, se souvient-il, avait alors un visage de satrape aux aguets, il devenait « plus terrible qu'un dieu sumérien ». Son torse, gonflé par l'asthme et par le coton dont on l'enveloppait, lui parut soudain robuste, menaçant. L'un n'adorait que les paradis perdus ; l'autre consentait à ce que le visage de Sylvia vînt démentir l'idée proustienne de la déception amoureuse. De cette querelle où s'affrontaient deux conceptions de l'absolu — celui qui se refuse et celui qui s'incarne — Berl conserva toujours un souvenir d'ordre théologique. Il y allait, à l'évidence, de son salut ou de sa chute. Et quand, un matin, Proust le chassa à grands coups d'injures et de pantoufles, Berl comprit que son caractère venait de lui imposer un destin voué aux illusions.

Il parie alors sur les sentiments, sur le plaisir, sur la politique, sur l'apparence de la vérité — et il y perdra sa mise. Désormais, il s'achemine à regret vers une existence où il ne se ressemblera qu'à l'occasion. On aura, bien sûr, le jeune homme qui s'abuse de tout, qui publie des livres à peine relus, qui réclame une cause ou un adversaire par jour, qui défend la diplomatie de Caillaux et les accords de Munich comme s'il y avait, dans ces urgences, une parcelle d'éternité. On aura aussi le Berl qui voudrait écrire comme Crébillon et vivre comme Clemenceau, et qui s'étourdit en vain afin d'esquiver des passions plus décisives. Mais l'on aura aussi l'autre Berl, inconsolable de lui-même. Celui qui se reproche toujours d'avoir négligé sa vraie rédemption et qui, après s'être damné dans des désastres publics ou intimes, va s'aménager une sagesse d'inspiration quiétiste. À ce dernier Berl — le seul que j'ai connu — Fénelon offrit ainsi un moyen de récuser le mouvement et la fièvre auxquels il avait eu faiblesse de sacrifier son âge d'homme. Ce quiétisme qui fut, pour lui, une religion d'appoint. Une manière d'accueillir la félicité sans l'attendre. Ce jour-là, au Véfour, Berl me parla de tout cela avec la nostalgie des incroyants qui ont fait, de l'au-delà, leur grande affaire. Pensait-il à Proust, à Sylvia, à Fénelon ? Pensait-il à Chamfort, qui vécut lui aussi dans ce Palais-Royal, et qui eut la grâce de ne jamais douter des absolus — Dieu ou la littérature — dont il s'était exclu ? Comme je le lui demandais, il me laissa entendre, avec malice, que dans leurs déluges obscurs, les hommes s'inventent parfois des arches qui ne le sont pas moins.

Aérien, attendri par lui-même, Berl me fit encore les honneurs de sa mémoire, comme s'il guidait un visiteur à travers les salons d'une demeure où les plus illustres ont séjourné. La belle Otéro, Vernon Lee, le boxeur Al Brown et Boris Kochno y occupent de lointaines dépendances. À l'étage noble, Colette, Blum, Paulhan. Partout, des ministres, des écrivains maudits ou officiels, des actrices dont les lèvres peintes le séduisent toujours. Berl se souvient, en passant, du mannequin dont il rédigea les Mémoires, et que Gaston Gallimard voulut publier l'année même où il refusait le *Voyage au bout de la nuit* ; il se souvient de Malraux sous les cyprès de Roquebrune, évoquant la communion des saints avant de se prononcer, à l'heure du thé, pour de Gaulle et contre Staline ; il se souvient de Céline qui lui conseillait de devenir « Führer à Jérusalem » ; il se souvient d'Aragon qui, entre deux baignades sur une plage de Guéthary, écrivait sans la moindre rature les premières pages du *Libertinage* ; il se souvient surtout de Drieu, son jumeau saturnien, qui se crut anglophobe tout en ne supportant que les chaussures de chez Bunting et les cravates de chez Hilditch and Key.

Drieu La Rochelle. Son irremplaçable Drieu. Le plus insaisissable de ses morts. Celui qu'il appelle encore « Pierre » et dont il partagea tant de colères, tant de fatales inclinations au désespoir. La politique, serait-ce donc ce qui rend les amitiés précaires — mais possibles ? Sur ce sujet, je le sentais un peu plus respectueux que moi. Il me savait gré, cependant, de l'être un peu moins que lui. À cet instant, Berl me parut loin, très loin, du polémiste aux nerfs tendus qui, dans sa jeunesse, aurait pu incendier la Plaine Monceau parce qu'une fiancée tardait à le rejoindre. Il ne ressemblait pas davantage au dandy ombrageux qui, dans les colonnes de *Marianne*, évoquait d'un seul élan les robes de Coco Chanel et la politique de Paul Reynaud. Il ne ressemblait même pas à l'intellectuel qui se flattait d'avoir été séparé des uns par son lignage, des autres par sa nature, de la droite par son dégoût de la bêtise, et de la gauche par son dégoût du mensonge. D'avoir été séparé de lui-même autant que du monde à force de ne désirer ni l'échec, ni le succès. Tout cela n'est plus, dans son regard, que le tumulte d'une existence ancienne. C'est la matière des vrais romans qu'il n'a pas écrits et qui l'attendent toujours dans des limbes.

Un soir, alors que Berl est en train de dîner, chez Maxim's, avec Mandel et Sacha Guitry, il aperçoit le chauffeur de Proust, qui l'a cherché dans tous les restaurants de Paris, et qui lui remet une lettre où il est écrit : « Mon cher Berl, je ne peux plus rien pour vous car je viens de m'aviser que vous êtes aussi bête que Léon Blum. Tant pis... » Guitry et Mandel éclatent de rire. Berl est envahi par une tristesse qui lui gâchera sa nuit.

Pour l'essentiel, Berl ne se reconnaissait aucun mérite, aucun talent. Il n'aimait ni son œuvre, ni son visage, ni sa véhémence trop mondaine. Il avait pris l'habitude de n'être que peu de chose dans une société et dans une histoire où, avec un peu de présomption, il lui eût été si facile de s'augmenter. Dès ses premiers livres, il se signale par cette curieuse aptitude à la haine de soi qui sera sa raison d'être et la ruse favorite de ses tourments. La bourgeoisie, dont il est une sorte de perfection, lui fait horreur ; proustien, il se croit marxiste ; héritier des Lumières, il se méfie du Progrès ; voltairien, il trouve du charme à Madame Guyon ; juif, il vit son judaïsme comme un obstacle à l'universalité dont il s'éprend. Chaque fois, pour s'excuser, pour s'affranchir des identités qui l'encombrent, il capitule avec volupté devant ceux qui, dans son jugement, se prévalent des seules légitimités qu'il leur prête. Berl avait, en effet, et sans que rien l'y contraigne, le don de prendre la couleur de toutes les pierres sur lesquelles le destin le posait. Son wagnérisme l'étonne lui-même dès qu'il arrive chez Anna de Noailles. Il se découvre surréaliste quand il s'attable au Cyrano. Il est boulevardier en devisant avec Sacha Guitry. Fénelonien auprès de Mary Duclaux. Nihiliste quand il retrouve Drieu aux *Derniers Jours*. Il aurait même pu se croire protestant en dînant plus souvent avec Gide. D'où ce Berl, dont je n'ai jamais voulu me sentir proche, et toujours guetté par la démission. Celui qui prit, en aveugle, la couleur du pétainisme sur lequel, après un nouveau Déluge, il s'était échoué. Se souvint-il, en cette circonstance, du Chamfort qui rédigeait les discours de Mirabeau ? Était-ce la conséquence d'un pacifisme de principe ? L'ultime variante de sa désinvolture ? Je crois plutôt que Berl, dans cet épisode pathétique, accepta d'aller jusqu'au bout de son affinité avec la disparition. Juif, provisoirement vichyssois, sans doute entraîné par les barrésismes inhabituels de son style, il consent à écrire les premiers discours d'un maréchal antisémite. Grâce à cet improbable exploit, *la terre ne ment pas.* La France peut même, à son aise, haïr *ceux qui lui ont fait tant de mal.* Berl n'avait pas imaginé que l'on pût ainsi passer de la haine de soi à la haine des autres, et il conservera de tout cela une amertume douloureuse. Que restait-il donc de cet homme-là ? Et comment le reconnaîtrais-je dans le visage aimable du moraliste qui, devant moi, allume un cigare dont la fumée l'enveloppe soudain comme la soie d'un dirigeable ?

La grande salle du Véfour est maintenant déserte. Le déjeuner s'achève et Berl retrouve sa pelisse. Ses rides lui font un masque doux et vénérable. A-t-il trop parlé ? Était-il vraiment nécessaire de déranger toutes ces ombres ? N'eût-il pas été plus opportun de se pencher sur l'avenir ?

Dehors, le soleil s'efface sur les jardins du Palais-Royal où Berl voudrait encore faire quelques pas. Il aime ce lieu solennel et littéraire qui est devenu, depuis longtemps, la moins obscure de ses arches. On y entend, semble-t-il, le silence et la musique des fêtes d'autrefois. Le bonheur et l'illusion s'y sont singulièrement mêlés. Comme le Neveu de Rameau et les héros de Balzac. Comme Chamfort et Laclos. Il aime ces bassins, ces péristyles, ces fausses symétries. On dirait une toile pochée par le subtil Christian Bérard qu'il apercevait, certains soirs, en train d'y promener son chien. Parfois, quand la nuit atteint ses heures les plus profondes, quand l'insomnie et la proximité de la mort le rendent opaque à lui-même, rien ne l'apaise mieux que d'observer, de son balcon, cet étrange théâtre de pierres. Aurait-il pu rêver un meilleur décor pour ce que fut sa vie ? Pour ce qu'il en restera après les dernières tirades ? Il ignore le nom de ceux qui vont désormais bondir sur la scène. Il ne connaît même pas l'auteur de la pièce qui s'annonce et qui promet, comme toujours, de n'être qu'une succession de ferveurs, de chahuts et de doutes.

IX

Seul comme Chamfort

Rien, ni personne, ne saurait me persuader que je ne me trouvais pas, de quelque façon, auprès de Nicolas-Sébastien Roch, dit Chamfort, le 10 septembre 1793, à l'instant terrible où il décida de se détruire avec une rage semblable à celle dont l'époque avait usé pour précipiter la ruine d'un monde trop ancien.

Si l'on en croit son ami Ginguené, dont le témoignage reste plus fiable que le mien, un sans-culotte était venu, dans la soirée, lui signifier que la Révolution ne souffrait pas que l'on compare — comme il l'avait osé — la fraternité célébrée par Marat et Robespierre à celle de Caïn pour Abel. Déjà ébranlé par un récent séjour aux Madelonnettes, Chamfort, qui avait pu contempler à loisir l'agonie de sa société, décide alors d'y adjoindre l'épilogue de son propre anéantissement. Il se retire dans sa bibliothèque, il s'y enferme, prend un pistolet, le presse contre sa tempe. Il veut, jusqu'à la frénésie, en finir avec une existence à laquelle il avait pourtant concédé, dans son âge libertin, toutes sortes d'avantages et d'agréments.

On affirme cependant que la balle partit de travers et qu'au lieu de lui emporter le crâne, elle ne parvint qu'à arracher son nez et son œil droit. Étonné de vivre, affaibli par la douleur, « résolu de mourir », Chamfort peut encore se saisir d'un rasoir afin de s'ouvrir la gorge. Il n'y réussit qu'à peine, déchirant ses chairs en maints endroits, tout en cherchant son cœur à grands coups de lame. Dans un ultime effort, il tente enfin de trancher ses jarrets puis, « en l'honneur de Sénèque », de tailler ses veines. Mais Sénèque était riche et entouré de disciples. Il disposait d'un bain chaud pour assurer son trépas tandis que Chamfort n'a que les moyens de se suicider dans le dénuement. Il s'effondre. Je vois son sang qui coule sur le parquet sous la porte qu'on enfonce bientôt. On prétend le sauver. Un médecin va le recoudre en hâte — lui infligeant le supplice de survivre peu, et pour rien.

C'est ainsi que Chamfort acheva sur lui-même le roman de ses refus. À quoi bon, songea-t-il sans doute, jouer encore au styliste taciturne, lucide à l'extrême, *méchant* jusqu'à la volupté ? Il a épuisé, en lui, tous ses « sentiments sucrés » et ses « petites sympathies ». Dans son âme, aucune lueur, aucune espérance, mais une fureur servie par sa mélancolie et ses aphorismes acérés. Chacun le savait, depuis longtemps, enclin à prendre parti contre lui. Il s'était même fait la réputation de sacrifier, par défi et plaisir, à l'effroyable passion de se nuire. Autrefois, quand il n'était qu'un cynique, quand la vérité lui était indifférente, il pouvait « conserver les intérêts qui attachent à la société tout en cultivant les sentiments qui en séparent » — mais, ce jour-là, ne subsistent que ses sentiments. Et il sait, mieux que personne, que la vérité désoblige, puisque chacun la trouve dès qu'il a choisi de la chercher.

Au temps de ses saisons courtisanes, Chamfort se divertissait, sur le chemin de Versailles, en observant des chiens occupés à dévorer leur os. Il aimait le spectacle de cette avidité naturelle et simple, où une espèce vivante assume ses crocs et son goût du sang. À cette passion vraie, une civilisation en déclin avait substitué son abondance d'artifices et de vernis — que Chamfort tint à honneur de mépriser. Afin de se porter encore un peu d'estime, il devient alors tout creusé d'abîmes et de labyrinthes intérieurs. Par l'effet d'un curieux idéal, il se veut sombre, meurtri, aussi rebelle à la soumission qu'à l'utopie, et sans mesure dans la critique de ses contemporains. Ce 10 septembre, Chamfort va peut-être mourir sans que nul ne lui sache gré d'avoir établi, à partir d'un désastre intérieur, que le mal est moins nuisible quand il se montre que quand il se dissimule. Ni d'avoir prouvé que les révolutions, comme la politique, sont vaines dès lors qu'elles prétendent libérer l'individu tout en ménageant les ressorts de sa mauvaise nature.

Ceux qui ne croient en rien s'accrochent aux mots comme, en plein déluge, des rescapés à un radeau. Les autres, tout à leurs convictions, se dispensent d'en soigner l'apparence et leurs phrases s'arrangent souvent de formes relâchées. Chamfort, qui survivait dans une sorte de vide, tenait ainsi les certitudes pour les ennemies de son style. Je le soupçonne d'avoir choisi d'être un sceptique à la seule fin de devenir un écrivain.

Il est vrai qu'avant de sacrifier en Romain à sa volonté de néant, il avait eu le privilège de traverser deux mondes et deux vies. Au départ, il est sans naissance et sans famille. Bâtard, affirme-t-on, d'un chanoine et d'une aristocrate, il lui faut, à vingt ans, inventer son nom dans une société où Madame, fille du Roi, s'étonne encore qu'un laquais puisse avoir autant de doigts qu'un prince du sang. Il vient de l'Auvergne des volcans éteints, et son enfance s'est accomplie dans un tableau de Greuze avant que l'ambition ne lui désigne des climats, puis des séjours, qui évoquent davantage la galanterie de Fragonard. À vingt ans, il est charmant et beau — de cette beauté qui fut la seule forme d'injustice tolérable à son esprit. Dans les salons, on compare sa conversation à « un art sans musée ». On l'appelle Hercule ou Adonis. Il se moque et convainc si bien que Voltaire, toujours prudent, songe à pactiser avec ce jeune homme auquel l'insolence offre tout. Il séduit donc des femmes en grand nombre et obtient sans effort la protection de quelques aînés. L'« élixir amer de l'expérience » ne l'a pas encore gâté. Il observe seulement que « les hommes deviennent petits dès qu'ils se rassemblent », et que mieux vaut, sans tarder, se dédommager de leur commerce en se réservant le plaisir de les peindre.

De ce noviciat frivole qui l'assigne, pour commencer, à bonne distance de lui-même, Chamfort tirera des drames en vers, des épîtres, des ballets héroïques, des odes dédiées à la Reine — comme s'il s'imposait, par courtoisie, un calvaire dans des genres aussi exténués que leur siècle. Qui se soucie encore de cette *Jeune Indienne* qui fut pourtant son premier succès ? De *Mustapha et Zéangir* ? De *Zénis et Almazie* ? De *Diane et Endymion* ? Ces bibelots, tout incrustés de vertus, furent, pour son destin littéraire, semblables aux vains trophées dont on s'encombre quand on est trop pressé de plaire. Chamfort pressentait pourtant que son théâtre peuplé de nymphes, de quakers, d'Ottomanes et de Caraïbes, n'était, pour lui, qu'une manière de s'inviter aux derniers bals d'une société sans lendemain. Il apprendra, avec obstination, à y affermir son aptitude à désespérer de tout, à dénigrer les formes vides de la gloire, puis à guetter le drame qui — à défaut du caractère dont il est encore dépourvu — l'affranchira de la comédie néoclassique où il s'égare. Entre deux turqueries, entre deux alcôves, il noircit cependant des paperolles où s'esquisse, au fil des circonstances, un curieux bestiaire.

Chamfort ne compose pas de maximes — car celles-ci, dosant leur équilibre, exigent une âme sereine — mais il est expert en traits à pointe sèche, en bribes sculptées à même la réalité. Pourquoi Louis XIV, sur son lit de mort, se croit-il tenu de congédier le médecin qui ose lui dire « il faut » ? Et comment un riche seigneur de ses relations peut-il faire pendre un marmiton innocent à la place d'un cuisinier coupable — mais dont il adore les sauces ? Ces séquences d'un univers en suspens attisent son dégoût, sans l'embarquer encore vers l'effroi. Une cruauté civile et de bon aloi gouverne sa première carrière, réduisant l'amour au « contact de deux épidermes », ou plaidant en faveur d'un cœur qui « se brise ou se bronze ». Ce Chamfort, roué et rompu au monde, est capable de vexer un duc, mais il a encore la faiblesse d'en craindre le mépris. Et, par vanité — ou pour oublier qu'il ne connaît pas le nom de son père ? — il fait semblant de prendre ses quartiers dans les sonorités altières d'un Grand Siècle qui a déjà disparu. Le sens de l'intrigue, le souci de n'arriver que par le rouge ou le noir, lui imposent, là, des cambrures et des âpretés qui ne touchent guère. Pendant plus de quinze ans, Chamfort sera ainsi tout le contraire de lui-même. Il faudra attendre qu'une vérole, soudain, le défigure et l'ensauvage. Il faudra, aussi, qu'une cabale conduite par La Harpe le contraigne, dès 1776, à son exil d'Auteuil pour que cet arrière-cousin de Pascal ravive en lui le jansénisme auquel il n'aurait peut-être pas cédé s'il n'était devenu laid et seul.

Puisque l'Ancien Régime n'a pas voulu lui offrir, comme une prébende, le rang des dramaturges éminents, Chamfort choisit de n'être rien, et il se drape dans un silence sans appel. C'est le silence d'un écrivain qui, trahi par lui-même, découvre qu'il s'est trompé de voix. Qu'il doit maintenant, et par-delà sa nouvelle laideur, affronter le néant, fût-ce au prix d'une rigoureuse stérilité. Seuls les vrais artistes — ceux qui choisissent de se taire car ils ont entrevu l'absolu qu'ils n'atteindront jamais — connaissent le goût de cette panique. D'autres, inutilement féconds, ne s'en avisent pas, dont l'œuvre rend un son creux à mesure qu'elle se remplit.

Donc, Chamfort, soudain enlaidi, se tait. Avant de s'en prendre à lui-même, il anéantit *l'homme de lettres* qui, sous son nom, passait des compromis et s'agitait vainement. Plus une ligne à l'adresse du public. Plus la moindre indulgence à l'endroit des mondains qui l'ont éconduit. « Tous les jours, *écrit-il*, j'accrois la liste des choses dont je ne parle plus. » Et, amer, il note ses pensées sur des morceaux de papier qu'il disperse aussitôt. Ces frémissements feront, dans un ordre posthume, la matière de ses *Produits de la civilisation perfectionnée* — dont l'ensemble offre une vision assez précise de toutes ses cicatrices.

Ce que Chamfort rêvait alors d'écrire, au fond, ce n'était plus une tragédie, ni un roman précieux, ni les nouveaux *Caractères* d'un moraliste ombrageux — mais un ouvrage conforme à son tempérament désormais aride et irritable. Un ouvrage où il aurait dénoncé toutes les idées corruptrices de l'esprit humain. Or, pour qu'un tel ouvrage fût vrai, il fallait que quelque sacrifice vînt le garantir. Il devait se vivre plutôt que d'être écrit.

Puisque la Révolution s'annonce, l'ancien courtisan complote avec Mirabeau et Talleyrand. Il songe même, en compagnie de Desmoulin et de Sieyès — qui, au passage, lui emprunte le titre de sa retentissante brochure sur le Tiers-État — à améliorer le genre humain et à se mettre au service des temps nouveaux. Qui, un jour, n'a pas espéré, comme lui, précipiter son destin à la faveur d'événements imprévus ? Ou diluer son désespoir dans quelque entreprise salvatrice et commune ? Sainte-Beuve, qui se trompe toujours, en déduisit que Chamfort, « ce cas intéressant d'ulcération de l'esprit », se mit à désirer la chute de la Monarchie dès que celle-ci le considéra comme un poète mineur. Mais Sainte-Beuve jugeait toujours à l'aune des motifs indignes et il lui échappa sans doute qu'un homme qui, à vingt ans, avait eu assez d'énergie pour s'inventer pouvait, à quarante, s'inoculer le même désir en recommençant, à travers lui, toute la société. Quand, à Versailles, le tumulte prend de l'ampleur, Chamfort, jadis homme de théâtre, se retrouve naturellement au premier rang et le spectacle qui s'annonce le désignera, sans qu'il faille s'en étonner, comme le plus illustre de ses souffleurs.

En vérité, Chamfort n'aima, de la Révolution, que ses deux premières années. Ce qui l'enchante d'abord, c'est cette effervescence légère où chacun accueille le « redoublement de vie » qui signale les époques en fusion. Un mélange de mœurs anciennes et nouvelles lui procure l'illusion de renaître et, à la combinaison transitoire qui en résulte, il doit, pour la première fois depuis longtemps, de ne pas s'ennuyer. En lui faisant un teint bistre, et une face hideuse, la vérole l'a privé de son unique privilège. Bien avant la nuit du 4-Août, il a renoncé à sa séduction comme d'autres à la dîme. De fait, Chamfort fut — avec Condorcet — le seul écrivain français de la fin du XVIIIe siècle qui voulut aimer, servir et comprendre la Révolution.

Toujours, chez lui, cette disposition à penser, et à agir, contre soi. On le fête dans les salons ? Il n'y va plus. Il vit d'une pension ? C'est lui qui inspire le décret qui les supprime. L'Académie le loge et le nourrit ? Il propose que l'on remplace ses bâtiments par des jardins publics. Il fréquente les Jacobins quand la rumeur leur est défavorable, mais il s'en éloigne dès que le peuple les acclame. Homme de cour, il avait tout à redouter de la Révolution qu'il désire cependant, et dont il s'exclut dès que celle-ci devient une carrière. Quelque chose, en lui, est toujours disposé à prendre parti contre lui. Chamfort suspecte tous les individus qui l'estiment. Bientôt, il ne se sentira proche que de ceux qui le persécutent.

Comment, dans ce contexte, distinguer entre la bâtardise, la misanthropie, la maladie et le progressisme d'un homme qui se présente désormais comme un « moraliste vénérien » ? Son propre corps s'est défait comme l'Ancien Régime. Ses convictions, ravivées par l'émeute, ne sont plus qu'un tissu de colères. À la généalogie verticale des aristocraties — dont il espéra son premier destin — Chamfort oppose maintenant une généalogie horizontale. La Révolution, pour lui, c'est l'éloge de la fraternité contre les prestiges de la filiation. Plus de père, plus de postérité. Seule compte l'égalité qui donne l'illusion d'un temps sans avenir ni passé. Chamfort a changé. Il veut, pour renaître, hâter une vaste destruction. Il se dépouille. Il s'enivre de nihilisme. Il est saisi par le vertige des pénitences. Il devient l'ami d'un comte qui se réjouit parce que les esclaves de Saint-Domingue l'ont ruiné par leur révolte. Et, avant de se lacérer physiquement, Chamfort veut s'amputer de celui qui, en lui, exista autrefois. Il veut s'effacer et s'oublier. Il veut que le feu rejaillisse des volcans éteints. Et que l'histoire, plus sûrement que son improbable pureté, hâte la rédemption à laquelle il ne saurait prétendre par lui-même.

Souvent, j'ai croisé des individus — hantés par l'imminence de quelque déluge salvateur — qui, par-delà leurs proclamations prophétiques, prouvaient que la haine du monde peut, à l'occasion, n'être que l'extension de celle que l'on se porte. Mais, alors que la plupart faisaient payer à la société le prix du dégoût intime qu'ils s'inspiraient, c'est par une défaillance inverse que Chamfort augmenta sa négation de tout par une négation de lui-même. Il est ainsi troublant que la vie de ce rebelle jadis doué pour le bonheur — « difficile à trouver en soi, impossible à trouver ailleurs » — s'achève dans la frénésie de la Terreur. Il n'y apporte pas sa passion — puisqu'il n'en a plus. Ni sa clairvoyance — qui l'encombre. Mais une énergie désintéressée, blanche, et qui consent sans enthousiasme à l'Apocalypse.

C'est mon père qui m'apprit à aimer ce Chamfort des derniers jours. Il plaçait très haut, dans son estime, cet écrivain qui n'écrit plus. Cet Adonis devenu laid. Ce mondain qui, un jour, prit le parti de s'exiler. Comme lui, il ne croyait au renoncement que chez les individus qui ont acquis une vaste expérience du plaisir. Et, le plus souvent, il m'en parlait comme d'un ami austère dont la leçon, un jour ou l'autre, ne me serait pas inutile.

Mais comment livrer bataille à sa mélancolie parmi des hommes qui ne songent qu'à exterminer l'inégalité ou la famine ? Et à quoi bon prendre la Bastille quand on ne veut posséder que son âme ? L'Ancien Régime avait fait de Chamfort un stoïcien averti du spectacle de ceux qui sont « si prompts à dissimuler leurs vices avec leurs défauts », et il accepta de s'y suicider moralement. Avec les temps nouveaux, et n'ayant rien à déprécier que lui-même, il s'imagine donc « Girondin par lassitude » à un moment où cette opinion promet la guillotine. Un instant, malgré tout, il envisage de s'occuper en avançant des projets inconvenants et, se risquant à une apologie du métissage — qui fut l'inévitable digression du roman de ses origines — il recommande le mariage des prêtres, l'imitation des Hottentots, ainsi que la fusion des cultes catholique, anabaptiste et luthérien. Il propose même que la Convention soit définitivement présidée par un juif. Parcours infaillible d'un homme qui ne doute plus que tout roule à l'abîme — et qui veut en vérifier la proximité.

Dans cette période, il y a aussi le beau roman de son amitié avec Mirabeau. Chez celui-ci, dominent alors la force et le tempérament, tandis que la délicatesse ingénieuse l'emporte encore chez celui-là. Leur complicité s'agença donc de telle sorte que, comme le rapporte Ginguené, le caractère principal de l'un s'allia avec ce que l'autre avait d'accessoire et produisit, de ces deux personnes, un seul être. Le misanthrope devint la conscience du politicien — dont le contact électrique lui offrait en retour l'illusion d'agir. Chamfort a retrouvé un volcan en éruption. Et la vigueur de son nouvel ami lui fournit peut-être, par procuration, les voluptés dont sa laideur l'éloigne désormais. Il me semble parfois que si Mirabeau avait prolongé sa prestation éclatante, Chamfort aurait mis plus d'ardeur à survivre, et qu'il aurait différé, ou négligé, de se perdre.

Aujourd'hui, il ne reste de Chamfort que les fragments d'un ouvrage qu'il ne destinait à personne. Un ouvrage épars, inachevé, aléatoire, où tout se veut écrit de la veille, et dont le malaise diffus propose, selon qu'il atteint l'esprit ou le cœur, autant de raisons d'aimer l'humanité que de la maudire. « Jouir et faire jouir », telle fut son ultime morale. Pourtant, Chamfort était triste. Et il craignait, par-dessus tout, d'illustrer le dispositif mental qui, à travers une alchimie d'affects, conduit les abstinents à célébrer l'excès, ou les malheureux à entretenir le culte du bonheur. Rien ne lui semblait plus suspect qu'une métaphysique du plaisir confectionnée, à titre de revanche, par un penseur désespéré. De ce point de vue, Nietzsche et Schopenhauer, qui furent les vrais héritiers de Chamfort, furent aussi ses disciples les plus infidèles.

Berl conseille de revenir à Chamfort, et de vivre à ses côtés, dès que l'on se sent menacé par l'enthousiasme. D'autres, comme Camus — qui se reconnut pourtant dans la solitude de cet écrivain *déclassé* — prétendent au contraire que Chamfort eut le tort de ne pas offrir une halte à sa déception ; qu'il renonça à l'art à force de tout nier sans cesse ; et que son grand caractère n'eût pas été amoindri par quelques acquiescements. Quant à Chateaubriand, il laissa deux portraits fort différents de Chamfort puisque, le peignant d'abord comme un sage à l'antique, dans son *Essai sur les Révolutions*, il finit par le couvrir d'injures dans ses *Mémoires*. Entre la sagesse, le nihilisme et l'orgueil, où se trouve donc la vérité de Chamfort ? Il m'arrive souvent, et plusieurs fois dans la même journée, de partager successivement chacune de ces opinions.

Chamfort voulut que sa tombe fût disposée sous un acacia. Il avait lu, dans certains grimoires, que les feuilles de cet arbre avaient le pouvoir de calmer tout ce qui, chez un homme, porte aux excès. Comme si, trop furieux de son vivant, il tenait, une fois mort, à ne plus s'emporter.

X

Fitzgerald et le désastre

Jadis, à Hollywood, 8152 Sunset Boulevard, il y avait, au bout d'une allée plantée de jasmins et de palmiers, un curieux endroit que l'on appelait « Les Jardins d'Allah ». C'était une sorte d'hôtel avec des petits bungalows de pisé rose. On pouvait y déjeuner autour d'une piscine d'eau croupie qui avait la forme de la mer Noire car l'ancienne propriétaire des lieux, Alla Nazimova — une vieille étoile du muet — était née à Odessa. C'est là, dans des chambres ouvertes sur un patio envahi par les iguanes, que venaient s'échouer quelques scénaristes alcooliques. C'est là que Francis Scott Fitzgerald acheva, épuisé, son existence de météore sublime et pathétique.

Il n'a pas quarante ans. Il se demande encore pourquoi sa vie a tourné de la sorte. Pourquoi elle lui a infligé cet exil, parmi d'autres épaves, dans une oasis crépusculaire qui, par dérision, porte le nom d'un paradis. Depuis longtemps, déjà, ses romans et ses nouvelles ne se vendent plus. Les échotiers et les éditeurs l'ont oublié. Zelda s'est officiellement abîmée dans sa folie. Il gagne deux cents dollars par semaine en extorquant à sa Royal De Luxe des bribes de dialogues qui finissent toujours par déplaire à Joan Crawford ou à Carole Lombard. Pour le jeune homme qu'il fut, et qui se souvient des fêtes de Montparnasse ou du Cap d'Antibes, c'est l'heure de rembourser un destin qui a filé trop vite. Pour cet amateur de vertiges, c'est l'heure irrémédiable de la Chute.

À cet instant de sa vie, Fitzgerald s'est installé, sans l'avoir voulu, dans le rôle intenable d'un écrivain mort-vivant — et il lui semble parfois que tout s'est accompli comme dans un songe. À vingt ans, il était un inconnu timide et ébloui par les jeunes filles riches de Princeton. Dix ans après, on le tient pour le romancier le plus célèbre des États-Unis et le noceur le plus illustre de sa génération. Encore dix ans, et personne ne se souvient de lui. Tout, vraiment, s'est accompli trop vite. L'amour, les romans, l'argent, la gloire, la ruine. Ce fut une orgie frénétique de vie. Une succession de grâces et de défaites où, désormais, il erre en somnambule.

Un soir, dans le patio des Jardins d'Allah, Dorothy Parker lui signale — afin de lui prouver qu'il peut y avoir un second acte dans la vie des héros américains ? — que des étudiants de Princeton mettent en scène *Un diamant gros comme le Ritz*. Scott est ému, il enfile son dernier smoking, se rend dans le théâtre de cette université où il avait rencontré Zelda. Au fond de la salle, il observe le spectacle comme on revisiterait sa jeunesse. Quand la pièce s'achève, il veut féliciter les acteurs qui accueillent avec méfiance cet individu qui se prend pour Francis Scott Fitzgerald. Il se présente, les étudiants se moquent. Fitzgerald ? Allons, il est mort, tout le monde sait cela... — et Scott acquiesce. Après tout, ces jeunes gens n'avaient pas tort. Que restait-il du dandy enseveli dans sa légende de nuits blanches ? Que restait-il de l'excentrique enfant du jazz ? Du compagnon fragile de Hemingway et de Joyce ? Du romancier qui avait cru trouver un équilibre entre sa volonté d'être un artiste et son don incomparable pour la désintégration ? À Hollywood, son rôle consiste à ajouter une touche de désastre à des scénarios trop mièvres. On peut toujours compter sur lui pour qu'une romance tourne mal.

Son vrai plaisir d'écrivain, ce fut d'avoir le droit de raconter toujours la même histoire. Celle, sans cesse ravivée, d'un jeune homme presque pauvre, humilié par des hiérarchies de province, éconduit par des rivaux aux manières mieux assurées, et qui veut prendre sa revanche sur un bonheur qui s'est longtemps refusé, mais auquel il se sent promis. Dans cette course, donc, pas de temps à perdre. Il faut, dans la vie, dans le roman, séduire la plus belle fille des environs. Une fille bien inaccessible avec des cheveux de soie et des ongles peints. Elle se refuse ? Elle se réserve pour le fils d'un banquier ? Pour l'un de ces héritiers racés et lymphatiques qui sont nés dans des maisons recouvertes de vénérable lierre ? Scott s'obstine. Il se coiffe d'un chapeau d'or pour éblouir Ginevra, Bijou, Loïs ou Zelda ; il bondit comme un acrobate devant elle, jusqu'à ce qu'elle s'écrie, comme dans *L'Envers du Paradis* : « Ô amant coiffé d'or, amant aux bonds d'acrobate, tu dois être à moi... » Scott, par nature, se soumet à une idée très narcissique de la passion — à laquelle il ne demande que de réfléchir un profil aimable de lui-même. « L'amour, *lui révélera plus tard André Breton,* c'est quand on rencontre quelqu'un qui vous donne de vos nouvelles. » Alors, dès que la fille inaccessible rend les armes, il jubile, il s'estime en proportion, il l'épouse, il pense que le bonheur lui est enfin acquis. Mais tout se complique aussitôt. La fille, en vérité, n'annonce qu'un rendez-vous avec l'échec, l'enfer, la folie — car l'illusion, dans cette affaire, se paye au prix fort. Avec Fitzgerald, le roman et la vie sont deux façons de se hâter vers une même défaite. Il écrit pour anticiper la catastrophe. Puis, quand la catastrophe advient, il s'arrange tristement de sa ressemblance avec ce dont la littérature lui avait procuré la sombre intuition.

Au début, il voulait donc, et seulement, que la capricieuse Zelda Sayre le préfère à tous ses soupirants, et il lui propose un assez bon contrat : aime-moi, Zelda, et je te promets une forme indiscutable d'immortalité. Il y aura l'argent, bien sûr, et les palaces, et l'existence facile, et le papier glacé des magazines, mais il y aura mieux encore : tu seras la source unique de mon inspiration. Tu seras le sujet adorable de mes livres. Et il n'y aura pas deux amours comme le nôtre en ce siècle. Ce que je te propose, Zelda, c'est beaucoup plus sérieux qu'un château gothique à Long Island. Beaucoup plus durable qu'une garde-robe ou un cabriolet en or massif. Je te propose, puisque je suis un grand écrivain, un passeport pour la postérité. La garantie d'un règne splendide et d'une suprématie définitive. Avec sa beauté, avec sa démence gracieuse, Zelda signe ce contrat d'immortalité, et leur fastueuse aventure peut commencer. Quels amants, jamais, furent plus jeunes que ces amants-là ? Et quels tourbillons plus enivrants que ceux où ils s'engagent maintenant en danseurs ?

Il pensait qu'un écrivain doit être grièvement blessé par la vie avant de choisir ses mots. Une bonne souffrance originelle et judicieusement placée chez un banquier sérieux qui, ensuite, verse des intérêts. Hemingway enviait à Scott ce joli capital de fêlure que le destin lui avait légué. Avec ça dans son bagage, pas la peine de geindre sans cesse. Ni de courir au-devant de nouveaux malheurs. Ni de se croire l'obligé de la moindre catastrophe. Il pouvait se consacrer à son art en écrivain tranquille. Mais Scott, qui ne voit clair que dans les ténèbres, craignait que le malheur lui-même ne se dissipe comme l'argent ou le plaisir. Et, toujours, il voulut l'augmenter. Il disait aussi qu'un écrivain, comme un joueur de poker, doit savoir mal jouer au bon moment. Avant de commencer un roman, Hemingway allait faire un tour en bateau. Scott, lui, avait besoin de faire naufrage avec son atroce cargaison.

Fitzgerald a laissé de lui une image légère et insouciante. Un regard fardé, presque féminin. L'allure déliée d'un dandy aux lèvres minces. Un visage d'ange brutal et vieilli par une abondance de nuits sans sommeil. Pourtant, dans son sourire, une absence. Une pâleur qui dit jusqu'où l'âme, parfois, peut comprendre le corps. Une mélancolie qui ne trompe pas : ce beau rapace est friable. Quand il rencontra Gertrude Stein, à Paris, celle-ci prit aussitôt la mesure des tourments de ce jeune homme de vingt ans. « Il me fait penser, *disait-elle*, à tous les frères Karamazov réunis en une même personne. »

Scott avait peur d'être lui-même et il trouva plus facile de devenir un personnage. *Lui-même*, c'était, en lui, l'homme qui avait raté tous ses vrais combats. Qui n'avait été sélectionné qu'une seule fois dans l'équipe de football de Princeton. Et qui, soldat, n'était arrivé en Europe qu'après la fin de la Grande Guerre. Scott portera toujours le deuil du héros qu'il n'a pas été. Le deuil du Fitzgerald taillé dans le matériau Byron-Hemingway. Cet homme, qu'il avait tenté d'être avec acharnement, l'encombre bien vite comme un fardeau, et il décide de s'en alléger « avec aussi peu de remords qu'une femme noire se débarrasse de sa rivale du samedi soir ». Quand il revient d'Europe, après l'Armistice, sans la moindre blessure, Hemingway — qui s'y connaît — lui offre une canne et lui conseille, à tout hasard, de boiter un peu. Et sa Grande Guerre avec Zelda, il ne l'ignore pas, ne fut que sa « guerre de secours ». Ainsi, son personnage glorieux et public naquit dès qu'il consentit à se transformer en écrivain à part entière et à baisser le pavillon de l'idéal. Sa littérature ne fut que la longue lettre d'excuse qu'il adressa sans cesse à son destin rêvé. Le jour de sa mort, le 21 décembre 1940, il annonça à sa secrétaire, Frances Kroll, que lorsqu'il aurait terminé *Le Dernier Nabab*, il partirait pour l'Europe comme correspondant de guerre — afin que Hemingway n'occupe plus ce terrain avec ses seuls exploits.

Le vrai drame, au fond, c'est que Zelda aurait pu se contenter d'un écrivain en vogue, mais de pacotille, alors que Scott, lui, est plus ambitieux. Il se sent requis par des œuvres d'envergure. Il pense qu'il peut faire aussi bien que Thackeray ou Mark Twain. Qu'il est dans le rythme des vrais artistes, et qu'il en a le souffle, et qu'avec un peu de ténacité il pourrait terminer la course juste derrière Conrad ou Tchekhov. Alors, Zelda s'impatiente. Le contrat d'immortalité ne lui suffit plus, et elle se dit : Scott s'est servi de moi, c'est un vampire, il me vole mon sang. Et que seraient ses romans si je n'avais pas été là pour lui en donner l'idée ? Alors, sa gloire m'est due, j'en veux ma part. Puisque l'unique roman qu'elle écrivit — avec l'aide de Scott et de Hemingway — fut un échec, elle va plus loin. Elle essaye la danse, l'excentricité, la peinture. Zelda est furieuse car elle veut s'installer à son compte — ou, à tout le moins, empêcher Scott d'aller trop loin, et trop haut, dans la création. Elle le trompe pour rien. Elle flatte son alcoolisme. Puis elle choisit de devenir folle afin de lui compliquer définitivement la vie. Et, en plus, elle ne se sent pas coupable d'agir ainsi puisque, de ces désastres, Scott tire aussitôt la substance de ses meilleurs livres.

Hemingway veut une femme par roman. Fitzgerald choisit une seule femme pour tous ses romans — et, du coup, il s'expose au pire. Plus tard, Nabokov racontera une histoire semblable : une femme le supplie de faire d'elle l'héroïne de l'un de ses livres, il cède à sa demande, puis il ne s'intéresse qu'à sa créature. Le modèle devient alors jaloux de son double qui l'a dépossédé de sa substance. Et elle souffre car il lui est impossible de l'emporter sur cette rivale.

Seul, dévoré par un reflet enfui de lui-même, Scott observe la lune, chaque nuit, dans les Jardins d'Allah. L'époque est lointaine où Griffith était prêt à lui payer d'avance n'importe quel scénario. Où la Metro produisait, avec *Dance Madness*, un film tiré de sa propre vie. Où, nerveux et rieur, il séduisait sans effort Lois Moran ou Irving Thalberg. Maintenant, il n'est plus rien, et personne ne s'intéresse à ses souvenirs. Un soir, Hemingway est de passage. Il est venu à Hollywood pour y présenter son film sur la guerre d'Espagne et, de Gary Cooper au Président Roosevelt, chacun célèbre le plus incontestable des héros américains. Après sa conférence, il demande à revoir Scott qui, hésitant, accepte de se rendre à la *party* organisée en l'honneur du grand homme qui fut jadis son protégé. Puis, après avoir bu, il se ravise, et disparaît sans oser lui serrer la main. Ernest, dira-t-il, « parle désormais avec l'autorité du succès, et je parle avec l'autorité de l'échec ». Ils ne pourront plus jamais s'asseoir à la même table.

Août 1924. C'était à l'aube, le plus souvent, que Scott et Zelda s'en revenaient de leurs nuits pleines de tendresse, de jazz et de serpentins. Cet été-là, ils s'étaient installés chez les Murphy, au Cap d'Antibes, dont les fiestas splendides s'achevaient, avec les premiers rayons du soleil, sur la petite plage de la Garoupe. Il y avait là, comme chaque été, Cocteau et Edith Wharton, Picasso et Olga, Crevel, Bestégui, Ernest et Hadley, ainsi que les musiciens de Cole Porter qui jouaient cet hymne des noctambules qui s'appelle *Night and Day*. Ce jour-là, à l'aube, Scott et Zelda, qui ont gagné beaucoup d'argent au baccara du Palm Beach, sont heureux et fatigués. Extase fragile. Bloc volatil de jeunesse et de beauté. Soudain, Zelda demande à Picasso d'immortaliser un peu ce moment magique et elle lui tend son fume-cigarette comme s'il s'agissait d'un pinceau. Sur le sable mouillé, Picasso dessine alors un couple enlacé. C'est bien Scott. C'est bien Zelda. Ils sont enlacés, à l'aube, sur le sable mouillé d'une plage. Mais un bateau de pêcheurs sort du petit chenal pour aller poser ses filets. Quelques vagues. L'une d'entre elles, alors, efface ce que Picasso vient de dessiner. Comme si Scott et Zelda ne pouvaient être que provisoirement enlacés. Zelda est triste. Scott la console. Il lui murmure, sans trop insister, qu'il existe ainsi des choses que le temps imprime et des choses que le temps efface. Pas la peine d'en faire un drame.

Fitzgerald est un enfant gâté du Middle West que l'histoire condamne à devenir adulte entre l'Armistice et le Krach de Wall Street. Avant, tout est permis — l'immaturité, la jouissance, la mélancolie. Après, il n'y a plus de place pour les farandoles ou les désarrois cossus. C'est l'heure où l'esprit de sérieux remet de l'ordre dans la réalité. Plus question de se suicider au champagne. De s'improviser des souffrances délicates. Chaque soir, avant ses insomnies, Scott lit quelques pages de Marx en se disant qu'il y a quelque chose de pourri dans le rêve américain.

« Autrefois, mon bonheur était si proche de l'extase, que j'étais incapable de le partager, même avec celle qui m'était la plus chère au monde. Je le gardais jalousement, je l'emportais avec moi dans les rues, et sur les routes silencieuses, et je n'en glissais que de rares éclats entre les lignes de mes livres. »

Cette nuit, près de Cassis, quand Zelda obligea Scott à arrêter leur voiture sur une voie ferrée — puis à s'endormir. Cela ne signifie rien, lui dit-elle, de réciter ces poèmes de Keats qui célèbrent la vie brève des rossignols — si l'on n'apprend pas, d'abord, à en finir avec son propre instinct de conservation.

Finalement, Zelda obtint de Picasso qu'il refasse le dessin que la vague avait effacé sur le sable mouillé de la Garoupe. Ce fut un petit tableau, simple et violent, sur lequel on reconnaissait Scott à ses cheveux sagement partagés par une raie, et Zelda à son regard incendié. Or, ce tableau eut un destin qui, longtemps, me parut digne d'un roman. Scott, en effet, le vendit aux Murphy au milieu des années trente et, plus tard, les Murphy le cédèrent à leur tour à Gary et Thelma d'Invilliers, un couple de riches Américains qui, à cette époque, recevaient beaucoup de monde dans leur manoir de Rambouillet. Mais les d'Invilliers se séparèrent en 1938 et ils se partagèrent équitablement tous leurs biens. Qui garderait le tableau ? Ils n'étaient pas d'accord à ce sujet. Après bien des discussions, ils décidèrent de le couper en deux : Thelma garderait Zelda — à laquelle elle avait toujours voulu ressembler — et Gary aurait la moitié Scott. Commença alors, pour chaque moitié de tableau, un destin extravagant dont quelques détails me sont parvenus. Thelma vécut au Ritz, avec l'image de Zelda — qui avait déjà fréquenté ces lieux — puis, ruinée et malade, elle alla, de l'autre côté de la rue Cambon, mourir chez Coco Chanel au début de la guerre. Chanel — qui, elle aussi, se trouvait quelque ressemblance avec Zelda — offrit la moitié de tableau dont elle avait hérité à l'officier allemand qu'elle aimait et qui fut bientôt expédié sur le front de l'Est. L'image de Zelda assista donc au siège de Stalingrad et, sans que l'on sache trop pourquoi, elle passa dans les mains d'un diplomate suédois qui, dix ans plus tard, revint avec elle à Paris. Pendant ce temps, la moitié Scott voyagea à travers les États-Unis dans les malles de Gary d'Invilliers — et un collectionneur français l'acheta, à New York, lors d'une vente aux enchères à laquelle mon père assistait. Rien n'interdit donc de supposer que Scott et Zelda, aujourd'hui, sont à nouveau ensemble, à Paris. Étrange couple de sable qui avait été effacé, comme leurs plaisirs partagés, par une vague des années vingt. Il m'a fallu beaucoup de temps pour comprendre que le vrai bonheur ne se rencontre que dans le souvenir ou l'imagination. Sur l'instant, il n'est que lui-même — c'est-à-dire rien.

Lorsque Fitzgerald s'installa à La Paix, une maison du Maryland, il était devenu si différent du jeune homme qu'il avait voulu être qu'il prit l'habitude, chaque semaine, de s'adresser une carte postale à lui-même. Cher Scott, comment allez-vous ? J'aimerais bien avoir de vos nouvelles. Et, selon l'humeur, il signait Gatsby, Dick Diver ou Fitzgerald. À New York, lors de cette fameuse vente, mon père voulut acheter l'une de ces cartes postales sur laquelle Scott avait écrit : « Pensez-vous, mon cher Fitzgerald, qu'un écrivain peut survivre à ses premiers succès ? » Dans l'assistance, une femme poussait l'enchère. Mon père l'emporta et, une fois en possession de sa relique, il eut l'élégance de l'offrir à sa rivale moins chanceuse. C'était une jeune femme étrange qui venait de Virginie. Elle prétendit qu'il lui arrivait souvent de s'envoyer des lettres à elle-même — car elle se prenait, à l'occasion, pour quelqu'un d'autre. Elle ressemblait — mais déjà vieillie — à ces *golden girls* que Scott aimait rencontrer au début de ses romans. Elle fit également observer à mon père que La Paix — imaginerait-on un nom plus mal choisi pour une maison qui abrita Scott et Zelda ? — fut, en 1931, ravagée par un incendie.

On raconte que Hemingway ne pleura que deux fois dans sa vie : la première, après la débâcle de Caporetto, quand Agnes von Kurnonsky le quitta. La seconde, quand il apprit la mort de Fitzgerald.

Aujourd'hui, les Jardins d'Allah n'existent plus. On les a détruits, au début des années soixante-dix, pour y bâtir un club sportif réservé aux vétérans de la guerre du Vietnam. On peut encore y apercevoir, pourtant, les iguanes d'autrefois et la piscine en forme de mer Noire. Tendres sont les nuits sur Hollywood, sur la plage de la Garoupe, sur Montparnasse. J'y entends toujours la voix mate de Dick Diver, dont le nom même fait naufrage. Il voulait que l'on sache que la réalité est irrémédiable. Que chacun de nous, un jour ou l'autre, « ne sera plus que l'écho renvoyé par un mur en ruine ».

XI

Les lunettes vertes de Stendhal

À ceux qui s'égarent entre chagrins d'amour, haine de soi et désir de littérature, je ne saurais trop prescrire un pèlerinage dont les vertus ne se démentent jamais. Il suffit, je l'affirme, de se rendre — par le corps ou l'esprit — sur la petite route qui, à travers une quintessence d'Italie, serpente de Florence jusqu'à Volterra. Il suffit, là, parmi les ruines étrusques et les cyprès, de songer que, le 3 juin 1819, un homme qui s'appelait encore Henri Beyle en inaugura le charme sinueux sans se douter qu'il y glanerait quelques informations d'importance pour tous les damnés qui se consument en vain sur l'autel du sentiment. Ce pèlerinage, j'en ai besoin dès que le ciel s'assombrit. Dès que l'effroi de n'être plus aimé se mêle à la nostalgie d'une existence, ou d'un destin, qui aurait su conjurer, ou mobiliser, cette souffrance-là. Sur cette route de Toscane, on ne rencontre que des guérisons provisoires — qui soulagent cependant. Elles m'auront, en tout cas, épargné la démence stérile, et la mélancolie, et le mécontentement de n'être que moi, qui, dans ces parages arides, menacent avec obstination.

Ce 3 juin 1819, donc, Henri Beyle, après une mauvaise nuit, décide d'en finir avec un tourment qui, depuis dix-huit mois, l'empêche de respirer. Lui, l'athée de la passion, qui se croyait fait pour aimer à cru et en cynique, s'est épris, à en perdre le jugement, d'une femme dont il ne reçoit en retour que de la coquetterie et une vague compassion. Puisque la calèche de Volterra est sur le départ, il s'y jette avec le corps de crapaud dans lequel il suffoque, avec quelques malles emplies de bibelots et de manuscrits inachevés. Il a trente-six ans. Il n'a pas encore rencontré son pseudonyme définitif. La police autrichienne le surveille. Il n'a publié, jusque-là, que des ouvrages plagiés et médiocres. Dans la calèche, Beyle rédige un testament, boit beaucoup de vin, comme les grenadiers avant une bataille. Et il s'endort bientôt en rêvant, peut-être, à la femme qu'il veut retrouver.

Cette femme, c'est Métilde Dembrovski, une Italienne née Viscontini, qui, depuis dix-huit mois, se divertit à ses dépens. Il tente de la séduire, elle se laisse faire, puis se moque. Elle l'attire, l'observe à travers la dentelle de son éventail, puis le repousse en médisant, avec les jeunes libéraux de sa compagnie, sur la gaucherie de ce Français qui n'hésite pas à pleurer lorsqu'il parle de Byron ou de Rossini. Mais Métilde — dont les défauts adorables procurent à Beyle d'horribles nuits — passe l'été à Volterra, seule, et l'amoureux estime que son heure est enfin venue. Il lui faut vaincre sa peur. Il lui faut improviser, pour être digne de la part la plus idéale de lui-même, une issue romanesque à sa situation. Dans la calèche, un peu ivre, il prépare son assaut.

De toutes les énigmes qui, jusqu'à ce jour, ont fait l'ordinaire de sa vie, aucune n'est parvenue à l'intriguer davantage que celle-ci : pourquoi, un jour, est-on aimé, et pourquoi, un jour, ne l'est-on plus ? Il y a là, pour Beyle, un amas sans pareil de bizarreries et d'opacité. C'est là le vrai commencement d'un univers fluide où rien ne s'établit que par caprice ; où les principes valent moins que les détails ; où l'essentiel lui-même s'en remet aux circonstances pour décider d'un frémissement, d'une bouderie, de l'avenir d'une émotion. Certes, Beyle aurait pu, en polytechnicien, n'affecter sa curiosité qu'à la naissance des étoiles, à la politique, à l'infinité de la matière ou à l'éventuelle immortalité de l'âme — mais il n'a pas l'esprit fait pour cette sorte de réflexion. Et ceux qui le fréquentent, à cette époque, savent bien qu'il ne se réserve désormais que pour la seule affaire des sentiments.

Sa vie ? Un amoncellement d'ébauches. Des espérances réduites à mesure. La conviction tenace de sa propre insuffisance. Depuis longtemps, il diffère son avenir. Et, s'il va dans le monde, c'est parce qu'il y est plus facile d'être seul. Il envisage de devenir un grand écrivain ? Sans doute, mais il lui manque quelque chose d'impérieux à proclamer. La Restauration, ce gouvernement de pères, l'a oublié dans de lointaines provinces. Il adoucit son exil avec de la musique ou en taillant ses plumes d'oie à la terrasse des cafés. Lorsqu'il est trop triste, il rédige encore un testament, et se demande même s'il ne devrait pas profiter de son désespoir pour assassiner un ou deux Bourbons. Déjà, ses rêves d'adolescent se sont un peu effacés. C'est un ambitieux d'emprunt. Un arrogant capable de bonté. C'est, pense-t-on, le genre d'homme qui interrompt sa conversation avec un ministre car il a entendu, par la fenêtre, le son d'un clocher. On le sent disponible et retenu. Il tombe souvent de cheval. Il tire mal au pistolet. Ses amis eux-mêmes ne savent pas ce qu'il veut.

Il ne faut jamais courtiser une femme dont on est furieusement épris. Qu'un amoureux contrevienne à ce principe, et l'inquiétude, amie de la défaite, lui est promise. Courtiser celle que l'on aime, c'est prendre le risque de paraître tel que l'on est sous son regard, alors que tous les trafics de la séduction se fondent sur l'exigence inverse. Henri Beyle sait cela depuis qu'il observe les manèges humains. Il sait aussi que le principe de l'amour français est de s'attacher à ce qui montre de l'indifférence, de suivre ce qui s'éloigne, et que l'on s'expose toujours en vain. Mais, ce jour-là, il se persuade curieusement que les lois de la nature le concernent moins qu'à l'ordinaire. Qu'il lui sera possible, pour une fois, de se montrer sans masque et de l'emporter aussitôt. De séduire, précisément, par l'émotion qu'il ressent plus encore que par l'effet d'une composition. Il imagine, comme au temps de son enfance, un univers réconcilié où l'art d'aimer serait simple, et tout d'exécution.

Soudain, il se ravise : pour s'en remettre à son apparence, il convient d'abord d'être en bons termes avec la part de vérité et d'origine qu'elle suggère. Et comment pourrait-il, lui qui n'aspire qu'à la beauté, s'accorder avec son visage si épais, avec le regard si torve que lui a légué un père haï, avec cette sueur qui l'inonde dès qu'il entre dans un salon où s'agitent des femmes qui l'intriguent par leur passé et des hommes qui l'impressionnent par leur avenir ? Oui, il se ravise : il va, avant d'arriver à Volterra, *se dissimuler un peu.* Dans l'une de ses malles, il y a des lunettes vertes qu'il avait achetées, quelques semaines plus tôt, à un colporteur milanais. Ces lunettes, dont il s'affuble par jeu, lui permettront, au moins, de ne pas être reconnu *tout de suite.* Il pourra, en embuscade, guetter l'ennemi. Observer sans être vu — comme autrefois, lorsqu'il suivait, par le trou d'une serrure, et grâce à la servante qu'il payait, les ébats d'une maîtresse infidèle. Avec ses lunettes vertes, Beyle se déguise donc un peu. Les dieux eux-mêmes, lorsqu'ils sont amoureux, ne prennent-ils pas l'aspect d'un paon, d'une pluie, d'un cygne ? Et l'essentiel, quand on veut captiver, ne tient-il pas à un bon compromis entre la nature et l'illusion ? Dans ce domaine, l'art, les religions, les passions, obéissent à des conventions identiques. Elles établissent, toutes, que l'absolu n'est accessible que de biais. Dans le trouble. Et les écrivains romantiques sont à plaindre, se dit-il, qui ne jurent dans leurs fables que par la transparence immédiate et réciproque des âmes.

En chemin, Henri Beyle se souvient de son allure, depuis dix-huit mois, lorsqu'il paraît devant Métilde. Il se sait ennuyeux, soufflé, lourd. Autant son esprit va vite lorsqu'il est seul, lorsqu'il esquisse le chapitre d'un roman, autant il est maladroit et lent devant elle. Un jour, il a voulu ramasser un châle, qui avait glissé de ses épaules, mais il le piétinait déjà sans s'en apercevoir, et le châle s'est déchiré. Le plus souvent, sa langue est pâteuse. Au lieu de broder quelques paradoxes sur la politique ou sur les sentiments, il lasse tout le monde en faisant l'amateur de peinture, en récitant les articles qu'il vient d'adresser à l'*Edinburgh Review*. Dans le salon de Métilde, Beyle n'est pas à la hauteur. Ses gestes, qui ne s'achèvent jamais, laissent deviner un amant lamentable aux femmes rêveuses qui sont là et se rafraîchissent avec des éventails ou du punch glacé. À minuit, Métilde sonne donc un laquais pour que l'on raccompagne l'indésirable mais, de ces humiliations, Beyle s'arrange à sa façon. Il a même la courtoisie, ou la lâcheté, de ne rien remarquer. L'esquisse d'un sourire ? La promesse d'une soirée à la Scala ? Le retient-elle, un soir, plus longtemps que les autres invités ? Il se croit presque élu. Il ne lui manque, pense-t-il, que la gloire ou la fortune qui, aux yeux des femmes, transfigurent la moindre disgrâce. Mais la gloire est en retard dans sa vie de demi-solde. Alors, l'écriture ? Les romans ? Il y songe. Mais écrire prend du temps, et il lui faut séduire Métilde sur-le-champ. La nuit, dans sa chambre, il rédige des lettres fougueuses qu'il n'osera jamais, le lendemain, remettre à celle qui, une fois pour toutes, *cristallise* sa première passion. Et il s'en veut d'avoir découvert, auprès de Métilde, la douceur d'être blessé.

En 1819, Henri Beyle raisonne encore comme un sous-lieutenant de Bonaparte. Et, partout, il voit des places fortes à conquérir par le courage ou la ruse. Une offensive étincelante ? Un siège interminable ? Ce sera, depuis que la carte de l'Empire n'est plus qu'une Carte du Tendre, selon le cœur qui se présente. Avant Métilde, les places fortes s'appelaient Virginie, Mina, Mélanie, Angela, Giulia et, chaque fois, il était parvenu, par pur divertissement, à recycler sa science militaire : trahisons, alliances passagères, espions, fausses paix, artifices et leurres de tous genres. En campagne, lorsqu'il se sentait désœuvré, il s'attardait souvent dans la salle du chiffre, là où tout se code et se décode. Il n'y a de victoire, selon Beyle, qui ne soit précédée, et autorisée, par une obsession des messages et des signes. Rien n'a changé depuis Waterloo, même si l'ennemi n'est plus cosaque ou dragon, et même si on ne l'affronte désormais que sous des lambris où chacun doit danser le menuet. Les sentiments y sont, comme les autres péripéties humaines, soumis à des codes dont tout dépend. Et l'amour lui-même relève de la guerre puisqu'il n'est, pour l'essentiel, que le plus énigmatique des messages secrets. Afin de l'emporter sur des rivaux plus sveltes ou meilleurs cavaliers, Beyle — qui a encore, dix fois par jour, la faiblesse de vouloir plaire — a donc entrepris de bâtir une théorie rigoureuse des mouvements du cœur. Il chiffre ses émois, à chaud, sur ses bretelles, sur sa ceinture, sur ses poignets. Il tient un registre serré de toutes les vibrations qui font la politique des amoureux : fatigue, taux de vanité, rythme des reparties, nombre de fois où elle a ri, bouffées de timidité, aveux, quantité de mensonges nécessaires. Son programme, sans cesse trahi, pour survivre en ce monde ? Il faut subjuguer les sentiments. Quand il est seul, Beyle a le sang-froid d'un lecteur de Laclos. Mais il le perd dès qu'advient, en lui, cet acte de folie qui commence l'amour, et qui consiste à revêtir de toutes les perfections l'image de celle que l'on n'a pu s'empêcher d'aimer.

Les écrivains qui tardent à écrire les romans qu'ils portent en eux, et pour lesquels aucun don ne leur manque, sont, presque toujours, des êtres qui n'ont pas encore eu besoin de prendre quelque revanche. Ce n'est pas le talent qui leur fait défaut, ni une muse, ni l'aptitude au labeur ou à la création — mais une ultime et décisive déception. Ils doivent encore vérifier que, pour eux, une certaine forme de bonheur, trop urgent, se refuse à jamais. Ils doivent vérifier qu'il n'y a plus rien à attendre de ce côté-là de la vie. C'est pourquoi on les voit, souvent, se hâter vers une déconvenue sans pareille qui les affranchira enfin d'un reliquat d'illusion ; qui les dispensera de s'attarder plus qu'il ne faut dans le décor, ou l'identité, qui avait fait leur première existence.

C'est dans cet état d'esprit, je crois, que Beyle se hâtait, dans sa calèche, vers une Métilde qui ne l'attendait pas. S'il avait un vrai rendez-vous, ce jour-là, c'était avec la douleur la plus extrême. Avec la déroute la plus éclatante. Celle à qui l'on peut demander : qui suis-je donc à la fin ? Comment puis-je m'évader de moi-même ? Comment puis-je me réinventer ? Dans son *Journal*, à cette date, on peut lire : « Si God veut bien, place à Mister Myself... »

Mais il y a des circonstances, comme celle-ci, où l'on n'a plus le choix. Et, en amour aussi, vient l'instant où il faut provoquer et se lasser de l'escarmouche. Beyle n'ignore pas que, bientôt, il sera chauve, et plus corpulent. Il doit réclamer, en soldat, son congé ou son bénéfice. Elle ne l'attend pas ? Elle ne lui a donné aucun signe ? Peu importe. C'est l'instant précis de sa vie où il a besoin de vérifier sa défaillance en certains combats afin, plus tard, d'en remporter d'autres. Plus le temps d'acquiescer aux compromis. Plus le temps d'esquiver. Allons, vite, qu'on en finisse...

Un peu avant la nuit, il arrive donc dans les ruelles de Volterra. Il met ses lunettes vertes, il plaque ses favoris avec l'eau d'une fontaine, il se mêle à la foule, le cœur battant, mais il ne savoure que brièvement son stratagème. En effet, au détour d'un jardin, trop vite, il tombe sur Métilde qui le reconnaît aussitôt et s'étonne de le voir dans cet accoutrement. Mais que faites-vous ici Monsieur Beyle ? Et qui vous autorise à me compromettre de la sorte ? Faut-il être fou, ou sot comme vous l'êtes, pour n'avoir pas compris que vous ne me plaisiez guère, et que j'avais choisi de vous tenir à distance ? Métilde est cruelle, elle paraît enchantée de son avantage, elle détruit en quelques répliques ce qu'il restait du pauvre Beyle. Pendant un instant, il se dit que l'orage va passer, qu'ils vont s'expliquer, qu'il y a sûrement des mots, quelque part, dont l'agencement miraculeux saura convaincre. Il ne sait pas que ces mots n'appartiennent déjà plus à la même réalité que la vraie Métilde. Que ces mots l'attendent ailleurs, dans un roman dont il pourra enfin contrôler l'intrigue. Jamais, il ne s'est vu si misérable. Et pourtant, jamais il n'a été si près de l'écrivain qu'il va devenir. Il est seul. Impossible, sans être fou, d'aller plus loin dans la douleur. Il n'y a personne, sinon la mémoire, à qui confier cette sorte de chagrin. Métilde Dembrovski s'éloigne maintenant dans les ruelles de Volterra. Il y a une douceur impitoyable dans l'air de cette soirée d'Italie. Il est temps, pauvre Beyle, d'empocher toute ta déception...

Les livres ne sont qu'une longue lettre que l'on écrit, un jour, à un absent. Et, dans la littérature qui m'importe, affleure toujours le souvenir d'une disparition. Personne n'écrit un vrai livre tant qu'il ne sait pas à quel disparu il s'adresse.

Dans les jours qui suivirent cette navrante équipée, Henri Beyle se souvint d'un petit village allemand où il avait fait une halte après la défaite de la Grande Armée. Ce village portait un nom, Stendhal, qui lui parut charmant. Il l'emprunta à tout hasard, pour se dissimuler encore, et il raconta dans un livre — qui, cette fois, lui vint sans effort, et comme une musique légère — tout ce que Métilde, à Volterra, n'avait pas voulu entendre. Ce livre, *De l'amour*, il commença de l'écrire sur un programme de la Scala, puis sur des cartes à jouer, puis sur des bouts de papier qu'il dispersait dans ses malles. Quand le manuscrit en fut achevé, il fut perdu pendant deux ans, puis retrouvé. Publié, il n'eut aucun succès et, de tous ses échecs littéraires, ce fut le plus parfait. On en vendit tout de même quelques exemplaires. Le reste, à ce qu'on en sait, fut cédé à un armateur de Marseille qui s'en servit comme lest pour l'un de ses navires. Stendhal n'en conçut aucune amertume. Il resta fidèle à son nouveau patronyme qui, comme les lunettes vertes, lui avait, après tout, offert le luxe provisoire d'être un autre et d'usurper un surcroît de charme et de mouvement. C'est sous ce déguisement qu'il fit naître, plus tard, des héros lumineux et bénis par le sort. C'est sous ce nom qu'il écrivit, en cinquante-trois jours, et par défi à son ancienne stérilité, le plus accompli de ses romans.

Au fond, il se peut que Stendhal ait écrit *De l'amour*, uniquement pour que Beyle le fasse lire à Métilde. Un livre comme une dernière ruse ? Pourquoi pas. Elle va le lire, elle aura enfin la nostalgie de ce que je suis. Elle adorera, n'est-ce pas, que ma passion la flatte ainsi. Et avec tant d'art offert à sa vanité, comment pourrait-elle ne pas consentir à m'aimer ? Stendhal, pourtant, se prend au jeu. En écrivant, il *cristallise*, non plus sur une Milanaise indifférente à son tourment, mais sur son livre lui-même. Et c'est à un style qu'il demande désormais de scintiller comme une aigrette de brillants. Beyle reste l'amoureux, mais Stendhal devient le romancier. Il ne sait pas encore que l'amour, pour lui, n'aura été qu'une occasion. Qui sait, d'ailleurs, si ce sentiment n'aura jamais été mieux dévalué que par cet écrivain qui a la réputation de lui avoir consacré sa vie ?

Le 3 juin 1819, Stendhal a rencontré son nom et son destin en accueillant, par amour, un double deuil. Celui de l'individu, aussi inachevé que ses ouvrages d'alors, qui lui interdisait d'accéder à lui-même. Celui d'une femme inaccessible qui, en se refusant, lui désigna le chemin de son salut. Parfois, je m'interroge sur ce qu'il serait advenu si Métilde, ce jour-là, s'était montrée plus tendre. Et lorsque son chapeau de paille disparaît dans la foule de Volterra, il faut saisir toute l'harmonie promise à ceux qui, au bout du compte, s'affranchissent de leur volonté de bonheur.

XII

Hamlet et son crâne

À l'époque, mon père possédait la petite écritoire en bois de rose dont le Prince de Ligne se servait, paraît-il, dans les derniers jours de sa vie. Un antiquaire du Palais-Royal, qui n'ignorait rien de ses manies, la lui avait cédée comme un talisman et, bien que l'origine en fût douteuse, c'était l'une de ses plus précieuses reliques. Il ne l'utilisait que dans de grandes circonstances, pour rédiger un testament ou quelque lettre de rupture, mais le plus souvent, il en caressait les taches d'encre éclaircies par le temps et son regard s'évadait vers des séjours intérieurs où nul n'aurait osé le suivre. Il possédait aussi une feuille séchée provenant de l'acacia qui, dans le cimetière d'Auteuil, abrite la tombe de Chamfort, et il ne se séparait jamais du médaillon dans lequel il l'avait mise à l'abri d'un lent émiettement. Parfois, il en scrutait les nervures comme on guetterait dans une paume le fragment d'un destin déjà accompli et, parfois, il lui murmurait quelques mots dont je devinais la douceur au mouvement de ses lèvres. De Chamfort, que mon père plaçait curieusement au premier rang de ses intimes, il ne subsistait que peu de chose dans cette feuille séchée. Ce n'était même pas le coquillage où un esprit rêveur entend le bruit de l'océan, ni l'un de ces objets qui portent l'empreinte ou le style de ceux auxquels ils ont appartenu, mais cela suffisait à sa ferveur. Devant son médaillon, il ressemblait au mystique qui se prosterne dès qu'on lui tend la dent d'un saint ou un morceau de la Vraie Croix, et l'on eût dit que toute sa religion passait par cette bizarrerie. Quelle part de lui-même confiait-il alors à sa mélancolie ? Était-ce l'aveu d'une espérance ou d'une déconvenue ? Toute hypothèse à ce sujet me semble vaine désormais. Je me souviens donc, faute de mieux, que l'écritoire du Prince de Ligne et l'acacia de Chamfort occupaient une grande place dans la vie de mon père, et que son entourage prit le parti de s'en arranger. Chacun ignore, à cet égard, les raisons décisives d'un attachement. On s'y soumet, une fois pour toutes, et c'est à peine si l'on songe ensuite à déplorer cette soumission ou à s'en faire une singularité aux yeux du monde.

Il s'était, par ailleurs, aménagé un culte particulier — l'idée lui en avait, sans doute, été inspirée par le *reliquaire* de Vivant Denon — dont les dieux morts, réservés à son seul usage, gisaient sur les étagères d'une armoire vénitienne. Il y avait là quelques cheveux de Benjamin Constant, une pantoufle ducale offerte par Mussolini à D'Annunzio, le monocle de Verlaine, un escarpin dans lequel Remy de Gourmont avait bu du champagne, un as de cœur qui avait été cousu dans le gilet de Stendhal, une tabatière gravée aux initiales de Barrès — mais étaient-ce vraiment les siennes ? — et, parmi plusieurs objets d'aussi noble ascendance, un mouchoir froissé devant lequel il convenait de se recueillir comme si l'on se trouvait en présence du Suaire de Turin. À l'en croire, il s'agissait parfois du mouchoir de Desdémone, et parfois de celui qui fut imprégné par les dernières larmes de Voltaire, mais il variait sur ce point, et sa croyance suivait l'humeur. Un jour, devant une amie à laquelle il faisait les honneurs de son armoire vénitienne, il prétendit même que ce morceau de soie avait servi de mignonnette à Madame de Staël et ce privilège, qui en valait bien d'autres, ajouta aussitôt quelques frémissements à sa songerie.

D'une manière générale, mon père ne souffrait guère que l'on discutât l'authenticité de ses reliques et, seul, il se prononçait en despote sur leur histoire et sur les événements dont elles avaient pu être les témoins inanimés. Un vieux peigne, un éventail, une écharpe, un buvard ou un loquet, devenaient alors, et sans que rien le laissât prévoir, les vestiges d'un passé incendié par son caprice, et cela lui avait valu une réputation tardive d'original. Ses amis prirent ainsi l'habitude d'entretenir son imagination en lui offrant des trophées improbables mais à son goût, comme cette plume d'oie avec laquelle Stendhal aurait pu écrire le début de son premier roman, ou comme ce rasoir avec lequel son Chamfort aurait pu se trancher la gorge. On lui proposa même, devant moi, un flacon contenant l'haleine de Proust. Avec courtoisie, il s'enchantait d'un rien, à condition que ce rien fût assorti d'un élégant récit. Au début, personne ne s'inquiéta d'un dérèglement si aimable et si propice à la fantaisie. On voulut croire qu'il avait choisi de perdre l'esprit comme on se donnerait un genre, et chacun consentit à tenir son rôle afin d'agrémenter la vieillesse d'un homme qui n'avait jamais négligé les ressources d'une nouvelle séduction. Plus tard, il apparut cependant que mon père ne songeait guère à se divertir, ou à retenir son public, car son jugement s'était véritablement perdu dans un climat d'illusion. Dès qu'il le pouvait, à la faveur d'un mot ou d'un objet, il prenait congé de tout ce qui avait fait sa vie et, dans ces instants, il ne croyait ni à ce qu'on lui racontait, ni à ce qu'il racontait lui-même. Son imagination s'accrochait alors à une troisième réalité, mieux ajustée à sa nature, et dont il avait fait un ultime refuge. Bientôt, ses reliques devinrent les parcelles d'une nostalgie à laquelle il s'abandonnait avec résignation. Il avait, en les contemplant, le visage d'un pharaon triste qui, avant de mourir, rassemble les trésors qui ont embelli son existence.

Tout avait commencé, me semble-t-il, avec cette certitude qui était la sienne, et selon laquelle les écrivains, les *vrais* — il ajoutait toujours ce mot, de telle sorte que je me mis en tête qu'il pouvait y en avoir de *faux* —, appartenaient, par essence, à une espèce invulnérable. C'était, dans son esprit, des pourvoyeurs d'absolu, des héros infaillibles et sans pareils. Il n'appréciait que leur compagnie, il adorait leur vanité, il s'était convaincu qu'une puissance farouche maintenait leurs âmes au-dessus des autres, dans un Paradis promis aux seules résurrections qui vaillent. Vers ce Paradis, auquel il n'aurait jamais osé prétendre pour lui-même, on s'acheminait par degrés, en suivant un ordre de perfection croissant que les théologiens décrivent parfois à travers leurs hiérarchies angéliques. Au premier rang, en bordure d'une humanité ordinaire, il y avait une foule d'écrivains qui n'étaient que de modestes candidats à la vie éternelle. Là, dans un purgatoire peuplé à sa guise, il assignait avec mépris ou compassion la plupart de ses amis, de Cocteau à Berl ou Morand, comme si une légère souillure s'attachait aux destins qui avaient eu l'insuffisance d'entrer en composition avec le sien. Ces individus ne méritaient qu'un début de considération puisque l'espérance du salut, qui leur était acquise par principe, ne leur garantissait pas de plus glorieux séjours. Au-delà, déjà nimbés par le génie, des artistes de meilleure envergure occupaient la place des archanges. Certains d'entre eux pouvaient pourtant accéder au rang supérieur, le moins encombré, par la grâce d'une œuvre majeure, et ils se retrouvaient alors parmi de rares élus, presque des apôtres, dont l'inspiration reflétait des alentours divins. À cette altitude, on ne rencontrait que Proust, Dante, Cervantès et quelques autres, mais le sommet de sa hiérarchie revenait de droit à Shakespeare, son bien-aimé, dont nul n'aurait pu, en sa présence, discuter l'inaccessible position. Ainsi, mon père aimait les écrivains comme d'autres la religion, les femmes ou l'argent. Il en avait fait la substance d'une passion confuse, plus vaste que lui, et dont je ne saurais dire d'où elle lui venait tant il réservait ses confidences. Avec l'âge, cette passion s'était douloureusement incrustée dans sa nature. Elle l'obligeait à n'admirer qu'autrui, à revendiquer son effacement, et à accueillir en lui cette amertume que l'on observe souvent chez les êtres qui se sont résignés aux maladies de l'idéal.

De temps à autre, il me présentait à l'un de ces *vrais* écrivains, lorsque ceux-ci venaient dîner dans l'appartement que nous occupions dans le quartier du Champ-de-Mars, et ce rituel ne me plaisait guère. Quand le convive était déjà illustre, ou prêt à le devenir, il me fallait recevoir ses propos comme une bénédiction, et je devais m'extasier de ses murmures ou de ses éclats de voix. Ces soirs-là, sur le visage de mon père, dans ses empressements, dans ses silences, je surprenais les stigmates d'une infériorité consentie et je savais que, par un contrat tacite, il m'imposait le même abaissement. Je savais que ma propre humilité lui serait agréable, qu'il m'expliquerait ensuite que je venais d'approcher un être vaguement céleste et assez patient pour s'attarder dans les royaumes intermédiaires dont lui et moi faisions partie. Quand nous nous retrouvions, après le départ des uns et des autres, il venait dans ma chambre et me parlait doucement, en complice, comme s'il avait affaire à un individu aussi dépourvu que lui. À l'évidence, il ne me prêtait aucune affinité avec cette sorte d'absolu, et malgré son obligeance à le déplorer, je compris bientôt qu'il voyait là une preuve définitive et apaisante de notre proximité.

Les écrivains, à ses yeux, possédaient le don mystérieux d'améliorer un monde que Dieu avait bâclé. Il les croyait capables de ne perdre aucune miette de cette réalité dont ils avaient fait leur matériau et dont ils proposeraient, le jour venu, une version plus élégante. Avant de les recevoir à dîner, il essayait ainsi, sur moi, les répliques ou les sentences opportunes qu'il avait rencontrées dans ses lectures, et dont il comptait se servir, comme d'un silex, pour produire quelques étincelles. Mais, bien souvent, il lui manquait un peu de vivacité, et je me souviens des efforts qu'il déployait alors pour infléchir la conversation vers des parages où il aurait pu s'agiter flatteusement. Quand il parvenait enfin à placer l'une de ses trouvailles, son visage s'illuminait. Avec un peu de chance, pensait-il, on retrouverait l'écho de tout cela dans un roman, dans des Mémoires, dans une chronique. Ce fut de cette manière qu'il envisagea désormais de conjurer l'effroi de sa disparition et, ainsi, de se survivre à lui-même. Un soir, Morand affirma, devant lui, que certains individus avaient le privilège d'inspirer des histoires que d'autres, moins bien servis par l'existence, se devaient de transcrire à titre de revanche. Cette hypothèse, qui soumettait l'écrivain à sa créature, et l'œuvre à son sujet, parut à mon père si délicieuse, si réconfortante, qu'il s'y accrocha comme à la crinière d'un cheval qui passait au galop. Pendant plusieurs jours, il y trouva un moyen de s'estimer. Il redevint léger et spirituel. Il se mit à croire que chacun pouvait, avec un peu d'esprit, durer plus longtemps que soi, sans qu'il faille convoquer un au-delà officiel. Et c'est ainsi que, tout en renonçant à son Paradis, il voulut tout de même s'y introduire en clandestin.

En cette matière, il admirait par-dessus tout l'un de ses grands-oncles, Charles Haas, qui avait, en son temps, servi de modèle au Swann de Proust, et je l'accompagnais parfois jusqu'au cimetière du Père-Lachaise lorsqu'il voulait se recueillir devant le mausolée où repose cet étrange personnage. C'était un mausolée assez modeste, bien que le marbre en fût de qualité. On y avait sculpté quelques allégories maniérées sur la fuite des jours, mais rien n'y était de nature à troubler l'indifférence des passants. Pourtant, ce Charles Haas avait eu le privilège, inestimable selon mon père, de savourer les plaisirs de l'existence tout en conquérant, à travers le martyre d'un romancier, le début d'une longévité presque définitive. Il avait su, comme personne, vivre parmi toutes sortes d'agréments sans renoncer à son destin posthume. Il avait pu sacrifier à la frivolité, séduire des femmes coûteuses, se perdre dans un tourbillon de bals et de fêtes, sans négliger pour autant de fasciner un écrivain asthmatique, qu'il ne rencontra qu'une seule fois dans le monde, et auquel il n'accorda même pas sa légitime gratitude. Charles Haas put alors se divertir quand l'autre, dans sa chambre de liège empuantie par le camphre, usait ses dernières forces à lui frayer un passage vers l'éternité. Existe-t-il, au fond, une volupté plus subtile que celle qui permet de ne pas trop mourir après avoir délicieusement vécu ?

Dans cette perspective, mon père avait consacré l'essentiel de son existence à se sculpter un profil digne de piquer la curiosité, et le souci de paraître singulier gouverna toujours le choix de ses amours ou de ses opinions. Il veillait, en tout, à se draper d'extravagance ; il revendiquait des sentiments rares ; il embellissait son âme, puis l'ensevelissait sous des vices qui n'étaient même pas les siens ; il s'encombrait de sympathies inutiles à la seule fin de se procurer une résurrection littéraire qui l'eût satisfait et qu'il guettait, ici ou là, selon des exigences qui diminuaient à mesure. Il espéra ainsi, dans un premier temps, s'insinuer dans une nouvelle de Morand, car il en appréciait le style et les allures rapides. Mais Morand, qui, dans ses livres, accueillait volontiers des maîtres d'hôtel, des garçons d'écurie ou des banquiers à peine entrevus dans un dîner, refusa toujours à mon père cette faveur qui lui eût si peu coûté. Par la suite, et malgré son insistance, il fut également éconduit par Berl et par Romain Gary auxquels il avait pourtant rendu quelques services. Puis, comme dans ces religions d'Asie où certains pécheurs privés de nirvana se résignent à des réincarnations médiocres, il s'efforça, pour rien, de convaincre des romanciers sans envergure, des chroniqueurs à gages, des mondains. Un jour, il éprouva cependant une vraie joie quand on l'assura qu'un héros de Louise de Vilmorin, dans *Les*

Belles Amours, possédait plusieurs de ses traits — mais sa félicité fut brève. Louise n'avait guère songé à lui en composant son personnage, et elle l'avait même affublé de quelques particularités physiques et morales dans lesquelles il eût vainement tenté de se reconnaître. Plus tard, son espérance reposa encore sur l'un de ses amis, prétentieux et sans talent, dont on disait qu'il rédigeait des Mémoires qui feraient grand bruit. Pendant vingt ans, mon père le traita avec des égards que rien ne justifiait. Il lui fit une petite pension. Il s'arrangea pour trouver du charme à sa compagnie et à sa conversation. Quand cet individu mourut enfin, on découvrit que ses Mémoires n'en étaient qu'à leurs premiers chapitres et que, des dîners où mon père l'avait convié, l'ingrat n'avait retenu que certains menus. Mon père en conçut une violente déception. Une fois de plus, le destin avait choisi de contrarier le début éventuel de son immortalité. Il ne laisserait pas la moindre trace de son passage en ce monde. Nul ne se souviendrait de son nom, de sa fantaisie, de ses aimables obsessions. Par-delà la mort, qui lui parut toujours plus ennuyeuse que terrible, il se sentit alors menacé par un irrévocable oubli.

Dans sa jeunesse, mon père avait pourtant cru qu'il deviendrait, lui-même, un écrivain. Non pas un *vrai* écrivain, bien sûr, mais l'auteur de quelques livres — de ceux qui vivent une saison avant de disparaître dans un parfum d'époque. Il avait publié une étude sensible sur *Hamlet* que Gide cite à deux reprises dans son *Journal*. Il s'était essayé à la poésie puis au théâtre. D'aucuns lui prédirent aussitôt une belle carrière. Mais celle-ci se fit trop attendre, on se lassa, et on cessa de guetter la confirmation d'un talent qui semblait se complaire dans sa seule virtualité. Il accumula encore des débuts de romans, des esquisses, des réflexions, des portraits toujours inachevés. Plus tard, il voulut commencer le récit de sa vie, mais il y renonça en s'avisant à mesure qu'il n'avait rien vécu qui fût digne d'être rapporté. L'amour, il est vrai, lui avait tout donné, et tout repris, en peu de temps. La gloire lui était indifférente. L'idéal, comme un buvard, avait séché son existence. De son œuvre, ne subsistaient que des épigraphes, des mirages, de pures intentions. On eût dit cette étrange bibliothèque où Chamfort ne conservait, des livres, que les pages qu'il avait aimées, et qui ressemblait, paraît-il, à un douloureux paysage de carcasses vides et de lambeaux. Que lui avait-il donc manqué pour devenir un écrivain ? Je n'en sais rien. Et il ne le savait pas davantage. Peut-être l'art d'augmenter chaque circonstance avec des inexactitudes de qualité. Ou la légèreté qui lance les grandes entreprises. Il me faut donc supposer que, dans sa stérilité, l'orgueil et le dépit prirent également leurs parts.

Par désœuvrement il devint alors un amateur de livres rares. Son affinité avec l'unique rencontra là un monde de vélins et de cuirs précieux dont la suavité lui offrit d'exquis apaisements. Pour le reste, il voyagea. Il décida de haïr un genre humain qu'il croyait dépourvu d'amour. La mélancolie répandit sur son visage un éclat sombre qu'il recevait, parfois, comme une grâce.

Peu de temps avant sa mort, il m'invita à déjeuner dans cet appartement du Champ-de-Mars où, à la suite d'une fâcherie, je n'étais plus revenu depuis de longues années. Je vis un homme fragile et fiévreux. L'insomnie l'avait affligé d'un visage irascible dont les sourcils et le menton affichaient une véhémence qui se dispersait à l'entour des lèvres. Il m'attendait, en fumant un cigare, dans une pièce où l'on avait disposé quelques paravents chinois, et son profil translucide me parut à peine distinct de la fumée qui l'enveloppait. Il ressemblait, ce jour-là, au Charles Haas que l'on voit, accoudé à la balustrade du Cercle de la rue Royale, sur le célèbre tableau de Tissot, et dont le corps exprime tant d'irréalité que l'on aperçoit, à travers lui, les tentures et les objets que sa forme aurait dû dissimuler. Autour de lui, quelques photographies signalaient encore son passé. Là, il est avec Berl et Drieu La Rochelle sur une terrasse qui domine la mer. Ailleurs, il rit avec Hemingway sur le pont d'un paquebot. Ce jour-là, il voulut me montrer les nouveaux trésors de son armoire vénitienne — quelques cailloux retrouvés dans la poche de Virginia Woolf lorsqu'elle se noya ; une corde dont il m'affirma, d'un air entendu, qu'elle avait tragiquement servi à Nerval — et je compris, à la nature de ces reliques, que mon père était d'humeur funèbre. D'ailleurs, depuis l'aube, il rédigeait encore un testament sur son écritoire en bois de rose et il me demanda si je saurais, à tous égards, respecter ses dernières volontés.

Comme je l'en assurais, il m'apprit que je trouverais dans ce testament une disposition à laquelle je devais me préparer. Il tenait, en effet, à ce que son crâne, après sa mort, et plutôt que de pourrir dans une solitude indifférente, fût confié à la Société royale des amis de Shakespeare afin qu'on l'utilise, à l'occasion, dans le cinquième acte de ce *Hamlet* qui avait tant inspiré sa jeunesse. Il était fier que personne, avant lui, n'eût songé à une telle facétie, et il ne doutait pas qu'elle assurerait une tournure un peu légendaire à son destin. Il suffirait, le jour venu, de décoller son crâne avec ménagement, de le vider, de le rendre luisant par quelques couches de vernis, de maintenir sa mâchoire. Et, certains soirs, le régisseur d'un théâtre anglais viendrait le déposer dans le cimetière d'où un Prince saturnien le tirerait en déclamant : « Ce crâne avait une langue et, jadis, il pouvait chanter... » Mon père avait tout prévu. Une correspondance officielle avait déjà réglé les détails de son legs et, si Morand ne l'avait pas devancé dans l'autre monde, c'est à lui que serait échu le soin de veiller à cette cérémonie. Mais, une fois de plus, Morand avait fait défaut. Et c'est à moi que revenait un privilège qui, dans l'instant, me parut assez charmant. Mon père voulait sans doute, par ce testament, ajouter un chapitre macabre à sa réputation. Ou, afin de compléter sa collection, devenir sa propre relique à travers cette partie de lui-même qui s'était toujours tenue au plus près de ses songes. Il est vrai, également, que lorsque *Hamlet* fut représenté pour la première fois, Shakespeare s'y était réservé le rôle d'un Spectre de roi qui vient ordonner à son fils de le venger. Était-ce à cela, aussi, que mon père faisait allusion ? Et me demandait-il, par le biais de ses obsessions, d'accomplir un peu de tout ce à quoi il avait renoncé ?

Je lui promis que tout se passerait comme il l'avait voulu. Notre déjeuner fut silencieux. Il me parla de son prochain départ pour l'Italie où quelques collectionneurs lui avaient signalé des reliques de qualité, puis il me demanda de l'accompagner dans les jardins du Champ-de-Mars. Dehors, un pâle soleil éclairait cette journée d'hiver. Nous avons fait quelques pas dans les allées immobiles. Il y eut, encore, son regard émouvant et le mouvement de ses mains quand l'heure fut venue de nous séparer.

C'est moi qui possède désormais l'écritoire en bois de rose, la feuille d'acacia et le mouchoir de Desdémone. On me prévient, à dates régulières, lorsque le crâne de mon père tient son rôle dans une mise en scène. Il paraît que, ces soirs-là, les acteurs sont inspirés par une ferveur inaccoutumée. Il n'est pas exclu que, plus tard, et en supposant que tout cela soit exact, j'aille moi-même le vérifier.